あなたの真《ま》っ直《す》ぐが
大《だい》嫌《きら》いなはずだった
な……っ!!
告白予行練習
大嫌いなはずだった。
原案／HoneyWorks
著／香坂茉里　イラスト／ヤマコ

二年二組
二年三組
二年四組
4月、2年生初日始業式の朝
何組になったんだ、雛？
一緒がいいと思ってる？
そういうわけじゃねぇけど……
同じクラスだよ、先パイしなくちゃね！

雛と約束したからには
頑張らないとな
絶対
シュート決める！
君の声一つで
こんなにも変われるって
がんばれ〜！
いけー！
負けるな……

私のヒーローかもね
こんなにすごかったんだ……
心臓の音が、ずっと響いている
もしかして、虎太朗って……
目が合って気づいた

文化祭では手を繋《つな》いでみた
なに考えてんのよ、バカ――――!!
今夜会える?
修学旅行の夜…
いいよ

遮《さえぎ》って君が言う
好きな人がいるの
ずっと好きなの
だから、それ以上なにも言えなかった
僕の気持ち見透《みす》かして

ずっと変わらないよ
なんで追いかけてくるの……
そんなの心配だったからにきまってるだろ
誰かを好きでいても

やっぱり好きなんだ
…意識しちゃった。
相手は虎太朗なのに
大好きだこれからも
←虎太朗の真っ直ぐな思いに雛は…？

告白予行練習

大嫌いなはずだった。

原案／HoneyWorks

著／香坂茉里

21654

角川ビーンズ文庫

NTS

本文イラスト／島陰涙亜

もくじ

CONTE

★✡+introduction〜イントロ〜✡★✧

空港をでると、真っ青な空が広がっていた。
虎太朗《こたろう》は手にしていた携帯《けいたい》の画面を見つめる。
メッセージを送ろうかと迷っていたが、そのうち連絡《れんらく》バスが到着《とうちゃく》した。
「やっぱ……おどろかせたいよな」
つぶやいて、携帯をポケットに押しこんでバスに乗りこむ。
乗客が席につくと、ドアが閉まり、バスは市街地にむかって走りだした。
『私ね、北海道の大学、受けようと思う……』
そう、打ち明けられた日のことを思い返す。
高校三年の夏の日のことだ。

あれから二年――。
彼女は今日で二十歳《はたち》になる。

彼女が通っている大学も、八月から夏期休暇《きゅうか》にはいっている。

そのため、キャンパスを出入りする生徒の姿はそれほど多くはなかった。

正門のわきの日《ひ》陰《かげ》で待っていると、チラチラと視線をむけられるのが気まずい。

「誰《だれ》、待ってるのかな？」

「彼女じゃないの？」

通りすぎる女子たちの声が、耳にはいってくる。

目があうと、彼女たちはクスクスと笑っていた。

「彼女……か」

虎太朗の口からそんなつぶやきとともにため息がもれる。

遠距離《えんきょり》の片想《かたおも》い中。

毎年、告白しようと思いながらも、タイミングを逃《のが》してできないままだ。

だから、彼女が二十歳になった今年こそはと、アルバイトして、はりきって準備してきたのだが——。

（いきなり押しかけてきたの……まずかった……かな？）

けれど、どうしてもサプライズにしたかった。

虎太朗はポケットから、リボンがかかった小さなプレゼントをとりだす。

腕時計《うでどけい》に目をやれば、午後二時すぎだ。

（連絡、してみるか……）

「こ……虎太朗っ⁉」

びっくりしたような声が聞こえてふりむくと、雛《ひな》が正門からでてきたところだった。

「えっ⁉　な、なんで⁉　なんで……虎太朗がいるの？」

雛はそう言いながら、瞬《まばた》きしていた。

「なんでって」

虎太朗は彼女に歩みよると、目線を合わせるのが気恥《きは》ずかしくて横をむく。

「ヒマだから……」

ごまかすように答えてからチラッと視線を戻《もど》した。

雛は目をいっぱいに見開いたまま、虎太朗を見上げている。

それから、「なにそれ」と笑いだした。

「ヒマだからって、こんなところまでこないでしょ」

「これ」

虎太朗は思い切って、プレゼントを差しだした。

これだけのことで、心臓がドキドキしている。

「……渡《わた》したかったんだ」

雛は「え？」と目を丸くしながら、両手で受けとった。

リボンをスルッと解《ほど》くと、包みをかたむける。

彼女の手のうえにすべり落ちてきたのは、四つ葉のクローバーのネックレスだ。


「……おめでとう」

ためらいがちに伝えると、雛はフワッと笑った。

「ありがと」

虎太朗を見つめる雛の瞳《ひとみ》が、夏の日差しを受けてキラキラしている。

「びっくりした？」

虎太朗は気恥ずかしさをごまかすように、イタズラっぽく笑ってたずねた。

「びっくりしたし……うれしかった！」

彼女の弾《はじ》けるような笑顔《えがお》に、虎太朗の顔もほころぶ。

「あっ……あのね、虎太朗。私、これから実習があって」

雛は不意に思い出したのか、あわてたように腕時計に目をやる。

「夕方には終わるから!! それまで……」

「いや……俺もバイトあって、あんまりゆっくりできないっていうか……」

「それなら、もっと時間がある時でもよかったのに」

「今日、会いたかったんだ」

虎太朗はそう答えて、少しだけ目を細めた。

（それに……）

笑顔が見られればよかった――。

「がんばれよ」

「うん……虎太朗もね」

雛は「じゃあ、いくね」と、手をふって駆《か》けていく。

その姿が遠ざかるのを見つめたまま、虎太朗はふっと息をはいた。

（また、告白できなかった）

『まーだ、諦《あきら》めてなかったのか』

そう言ってあきれたように笑う親友の顔が、目に浮《う》かぶような気がした。

「生憎《あいにく》、諦めは悪いほうだ」

虎太朗は空をまぶしげに見上げてつぶやき、強気な笑みをこぼす。

これからが延長戦。

この想いが届くまで――粘《ねば》るだけだ。

高校二年の夏――。

太陽が照りつけるなか、虎太朗は流れ落ちる汗《あせ》をユニフォームの袖《そで》でぬぐう。

容赦《ようしゃ》なく削《けず》られていく体力に、下をむきそうになったその時だった。


君は『負けるな』って叫《さけ》んでいた。

その声で、顔をあげる。

シュートを決めた直後、鳴り響《ひび》いたホイッスル。

歓声《かんせい》があがるなか、思わずふりかえってピースサインを送ると、君もうれしそうに笑ってピースを返してくれた。


君の声一つで、こんなにも変われるって。


やっぱり、『君』なんだ。

『君』じゃなきゃ、ダメなんだ──。

始業式
瀬《せ》戸《と》口《ぐち》雛《ひな》
8月8日生まれ　しし座　A型
高二　陸上部所属
隣の家に住む
虎太朗の幼なじみ
明るく元気な性格で、
兄・優とは仲良し

hero 1 ～ヒーロー1～

榎《えの》本《もと》虎《こ》太《た》朗《ろう》
11月29日生まれ いて座 O型
高二 サッカー部所属
幼なじみの雛に
ずっと片思い中
気持ちを伝えられないでいる

★☆＋hero 1 ～ヒーロー1～☆★✧

小さいころから、雛のヒーローは兄の優《ゆう》だった——。

かっこよくて。なんでもできて。優《やさ》しくて。理想を全部つめこんだような兄。

雛の両親だけではなく、隣《となり》の榎本家《えのもとけ》の両親ですら優を頼《たよ》りにしているくらいだった。

雛が転んで泣いていると、家まで背負って帰ってくれた。

買ってもらったアイスを落としてしまった時も、自分のぶんをわけてくれた。

優のお気に入りのオモチャを壊《こわ》してしまった時には、口をきいてくれないこともあったけれど、それでも謝ると許してくれて、『もう、怒《おこ》ってない』と頭をなでてくれた。

小学生のころに優がはいっていたサッカークラブの試合を、虎太朗や夏樹《なつき》と一緒《いっしょ》に応援《おうえん》しにいったことがある。

その時は活躍《かつやく》する兄の姿を、目を輝《かがや》かせて見守っていた。

大好きな、雛の自慢《じまん》の『お兄ちゃん』。

雛の憧《あこが》れで、ヒーローはいつだって兄だった。

それは、ずっと変わらなかった——。


四月最初の月曜日の朝。

すっかり春休み気分でいた雛が、しつこく鳴るアラームの音で目を覚ましたのは、七時すぎのことだった。

始業式だったことを思い出し、飛び起きて制服に着がえる。

そして、バタバタと階段を駆《か》けおりていった。

今日から二年生だ。クラス替《が》えもある。

みんな、友達と同じクラスになれるかどうか気にしているだろうから、いつもより早く登校してくるだろう。

「ああ、もう〜こんな日に寝坊《ねぼう》しちゃうなんて!!」

雛が洗面所に飛びこむと、歯みがきをしていた兄の優が「ん?」とふりむいた。

優は先月まで桜丘《さくらがおか》高校に通っていたが、卒業したため今年の春からは大学生だ。

入学式はまだ少し先なので、いまのところ気楽な春休みの延長を満喫《まんきつ》しているようだ。

そんな兄が早起きしているところをみると——。

「お兄ちゃん!……あっ、もしかしてなっちゃんとデート!?」

そう勘《かん》ぐってたずねると、図星だったらしく、優がゲホッとむせる。

蛇口《じゃぐち》のレバーを押して水をだし、あわてて口をすすいでいる。

兄の優と虎太朗の姉である夏樹は幼なじみだ。

そんな二人がようやく付き合い始めたのは、三年生になってからのことだった。

二人の恋《こい》をひそかに応援してきた雛としても、うれしいことではある。

けれど、付き合ってからも優は大学受験や、映画研究部の映画の制作でいそがしく、夏樹とはあまりデートらしいデートをしていない。

受験が終わり、高校も卒業して、ようやく時間に余裕《よゆう》ができたため、今日は二人でどこかにでかけるつもりなのだろう。

「いきなり、なんだ……っ⁉」

口もとを手の甲《こう》で押さえながら、優が顔をしかめる。その頰《ほお》はわずかに赤くなっていた。

「ああっ、でもごめん！　洗面台、先に使わせて〜。遅刻《ちこく》するの！」

雛が両手をあわせると、優は「ったく……」という顔をしながらも、横に一歩退《ど》いてくれる。

急いで洗顔をすませ、鏡を見ながら髪《かみ》をとかそうとしたが、今日に限って寝癖《ねぐせ》がひどく、うまくまとまらなかった。

「もうっ、時間がないのに！」

足踏《あしぶ》みしながら、左右にわけた髪を手早くゴムで結ぶ。

「……少し伸《の》びたんじゃないか？」

そんな兄の言葉に、「えっ、本当⁉」と鏡を見た。

（そう……かな？）

頭のうえに手をのせてみたけれど、伸びたようには思えなかった。

「あ、いや、悪い……前髪《まえがみ》の話」

優が苦笑《くしょう》をもらす。

「なんだぁ、前髪かぁ……」

雛はため息をついてから、あらためて鏡の自分を見る。

「なんで、お兄ちゃんは背が高いのに、私は伸びないかなぁ」

優は長身であしが長く、顔もモデルなみに整っているから女子には大人気だ。

その妹であるはずの雛は、高校生にしてはいささか小柄だった。中学生のころはそこそこ順調に伸びていたはずなのに、それからぱったりととまってしまった。

「そんなことより、早くいかないとまずいんじゃないか？　遅刻するぞ」

頭にポンッと手をのっけてきた兄を見上げて、雛は「そうだった！」とハッとする。

歯みがきをして、最後にはねている前髪を整えなおしてから、「いってきまーす！」と洗面所をでようとした。

その足を出入り口でピタッととめてから、顔を洗っている兄をふりかえる。

「お兄ちゃん」

呼びかけると、優が顔をあげて鏡ごしに雛を見た。

「なっちゃんとのデート、楽しんできてね〜。お母さんには遅《おそ》くなるからって言っておくから」

「雛、お前なーっ」

怒られそうな気配を感じて、「いってきまーす！」と言いながらあわてて廊下《ろうか》に飛びだす。

パタンとドアを閉じると、フッと小さなため息をついた。

「彼氏彼女かぁ……いいなぁ……なっちゃんもお兄ちゃんも……」

天井《てんじょう》を見上げながら、そんなひとり言をポツリともらす。

思い出したのは、少し気弱そうな、それでいて優しい笑顔《えがお》だ。

『瀬戸口《せとぐち》さん……』

そんな声が聞こえた気がして、胸の奥にチクッとした痛みが走る。

雛は靴《くつ》をはきかえ、玄関《げんかん》のドアを開いた。

外に一歩でると、差しこんでくる日の光がまぶしくて、空をあおぐ。

（前に進まなきゃ……）

気持ちをいれかえるように深呼吸していると、「なーにやってんだ」と声をかけられた。

ふりむくと、スポーツバッグを肩《かた》にかけながら、虎太朗がやってくる。

「いこうぜ」

そう言ってニカッと笑う虎太朗に、雛は「わかってるってば」と頬をふくらませた。


届かなかった想《おも》いを胸に、三年の先輩《せんぱい》を見送った卒業式から一月《ひとつき》──。

桜丘高校は桜の開花とともに、新学期を迎《むか》えていた。


学校に到着《とうちゃく》した雛と虎太朗は、正面玄関の脇《わき》におかれていた掲示板《けいじばん》に足をむける。

続々と登校してきた生徒たちもその前に集まり、クラス編成の紙を見て騒《さわ》いでいるところだった。一年で一番、緊張《きんちょう》する時といっていいだろう。

雛と虎太朗はようやく掲示板の前があくと、ならんで自分たちの名前をさがす。

（瀬戸口……瀬戸口……あっ、あった……）

雛は自分のクラスをたしかめてから、クラスメイトの名前を見る。

（あ……華子《かこ》とははなれちゃったんだ。高見沢《たかみざわ》さんとも、今年はべつかぁ……）

去年、同じクラスだった高見沢アリサは、雛の親友である華子と同じ隣《となり》のクラスのようだ。

アリサとは中学時代に色々あったこともあり、実は少々苦手意識を持っていたのだが、高校で同じクラスになってからは話すことも多くなった。

とはいえ、彼女のストレートすぎる言いかたにムッとしたり、口喧嘩《くちげんか》をしたりするから、仲良しとはいいがたいだろう。けれど、今では友達だと思っている。

どちらかと言えば、ケンカ友達、といったところだが――。

「何組になったんだ、雛？」

隣で掲示板を見ていた虎太朗が、手をズボンのポケットにいれたまままきいてきた。

「同じクラス？　どこでもいいけど……」

そう言いながらも、気になるのかチラッと視線をむけてくる。

「一緒《いっしょ》がいいと思ってる？」

雛は虎太朗の顔をのぞきこむようにしながら、ききかえす。

ちょっとした、イジワルのつもりだった。

虎太朗が去年、同じクラスになれなくて、本当はけっこう凹《へこ》んでいたのを知っている。

虎太朗は見透《みす》かされたと思ったのか、気まずそうな顔をしながらフイッと横をむいた。

「そういうわけじゃねぇけど……」

「同じだよ」

雛は「先パイ、しなくちゃね！」と、ニコッとほほえむ。

これから、どんな出会いがあるのか。

新しく巡《めぐ》ってきた一年の始まりに、胸が弾《はず》んでいた。

★ ✩ ★ ✧ ★ ✡ ✦

週が明けた月曜日の朝――。

真新しい制服を着た新入生たちが入学してくると、校内のにぎやかさがいっそう増したような気がした。

パタパタと走りまわっている生徒を、明智《あけち》先生が「こらー、走るな」と気迫《きはく》にとぼしい声で注意している。

去年、三年生の担任だった明智先生は、今年は一年生の受け持ちになったようだ。

全学年の古典の授業は明智先生が受け持っている。二年の廊下《ろうか》の前にいるということは、これからどこかのクラスで授業があるのだろう。

生徒たちは「はーい！」と返事しながらも、階段を駆《か》けおりていく。

そんな様子を見ながら、雛は教室にむかって歩いていた。

(部活紹介《しょうかい》って、午後からだったよね？)

陸上部の紹介は三年の先輩たちが舞台《ぶたい》上で、簡単なハードル走を披露《ひろう》することになっている。

それはいいのだが――。

(園芸部のほうは、大丈夫《だいじょうぶ》かなぁ)

園芸部の先輩たちは、バラの仮装をして、季節の花を歌と踊《おど》りでミュージカル風に紹介するらしい。題して、『ヒミツのバラ園《ぞの》大作戦』だという。

昨日のぞいた先輩たちの練習風景を思い出し、「うっ……」と頰《ほお》を引きつらせた。

笑いはとれそうだが、新入部員がはいってくることはあまり期待できないだろう。

(せめて、王子様みたいな人が一人でもはいってくれたら、他《ほか》の子たちも……って、無理だよね。だいたいやる気のない人はお断りだし！)

雛は歩きながら、「うーん」と考えこむ。


「あ……あの～」

恐《おそ》る恐るというように声をかけられ、雛は「え？」とふりかえった。

うしろにいたのは、雛とそれほど身長の変わらない、ショートボブの髪《かみ》をした女子だった。

学校にまだ慣れていない様子で、オロオロしているところを見ると新入生だろう。

不安そうな瞳《ひとみ》を雛にむけてくる。

「すみません。一年の教室って、どこですか？」

「あぁ、一年の教室は……この奥の階段をおりて、左の廊下を曲がったところだよ」

そういって、雛は階段のほうを指さす。

フムフムと真剣《しんけん》な顔をして聞いていた彼女は、「あっ、ありがとうございます！」と、ペコンと頭をさげた。

「階段をおりて左……階段をおりて左……」

そうくり返しながら、クルッと反対をむいて歩いていく。

ぎくしゃくした動きになっているのは緊張しているからだろう。

その姿を見送りながら、雛は口もとをゆるめた。

「なーに、ニヤニヤしてんだよ」

声をかけられてふりかえると、虎太朗が教室からでてきたところだった。

「えっへへ～、新入生初々《ういうい》しくてかわいいなぁ～って」

「新入生？」

虎太朗は廊下のほうを見て、先ほどの女子生徒の姿をさがす。

彼女はぶつかりそうになった二年生に、あわてふためいて頭をさげていた。

「って、雛とたいして変わんねーじゃん」

虎太朗は視線を戻《もど》し、雛を見下ろしてくる。

「んっ⁉ 見た目のこと言ってるんじゃないから！」

雛はムッとして、虎太朗を見上げた。

「なによっ、ちょっと身長伸《の》びたからって、えらそ〜に‼」

しかも、この春休みのあいだに、また少し伸びたようだ。

目線が今までと違《ちが》うからわかる。部活のトレーニングで筋肉がついたから、というのもあるのだろう。体格も顔つきも、以前に比べて男子高校生らしくなっていた。

（私だって、毎日部活に出て練習してたのに……っ！）

虎太朗ばかり身長が伸びているのはなんだかズルい。

「そうそう。よく見ろよ」

虎太朗のうしろから、柴崎健《しばさきけん》がヒョイッと顔をだす。

ちょうどいま、登校してきたばかりなのだろう。山本幸大《やまもとこうだい》も一緒のようだ。

虎太朗とこの二人は中学のころからの友だちで、よく一緒にいる。

「瀬戸口のほうが発育いいだろ」

健は虎太朗の耳もとで、ボソボソとささやいている。

「おいっ、シバケンっ！！！」

虎太朗のあせったような大声が廊下に響《ひび》いて、「うるさい……」と幸大が耳をふさいだ。

「それは！　関係！　ねぇだろ！」

クルッと健のほうをむいた虎太朗は、雛のほうを気にしながら、声のボリュームを落として強く言い聞かせている。


「あっ、柴崎君、山本君、おはよう～」

雛が挨拶《あいさつ》すると、「はよーっす」と健が少し眠《ねむ》そうな声で言いながら片手をあげた。

幸大が雛のほうをむいて、「おはよう。今の子、知り合い？」ときいてきた。

「ううん、迷子」

「迷子？」

「一年の教室の場所がわかんなくなったんだって」

「入学早々、忙《せわ》しないね」

「そういや、雛も三年の教室ウロウロしてて、帰ってこれないことあったな」

雛を横目で見て、虎太朗がからかうように言った。

「だって、うちの校舎、複雑なんだもん！　四回行って、やっと覚えられたくらい」

桜丘高校は生徒数が多く、教室の数も多い。

新校舎と旧校舎が渡《わた》り廊下でつながれているから、よけいに複雑な構造になっていた。

迷わずに校内を歩けるようになるには、一月《ひとつき》くらいかかっただろうか。

先ほどの新入生のように迷子になって、オロオロしながら廊下を見まわしていたのは、ほんの一年前のことだ。

（懐《なつ》かしいなぁ……）

雛はふっと目を細めた。

「へー……そんなに三年の教室、行ってたんだ。どうして？」

そう、何気ない口調でたずねたのは幸大だ。

「えっ⁉」

雛はドキッとして、あわててごまかすような笑《え》みをつくる。

「おっ……お兄ちゃんとか、なっちゃんに会いにね～⁉」

「ふーん」

虎太朗がなにか言いたそうな視線をむけてきたので、雛は「なによ～！」と軽くにらんだ。

「まっ……まーそれはともかく！」

虎太朗ははぐらかすように言ってから、あごを少しあげ、得意な顔になる。

「やっぱ、先輩《せんぱい》になるってのも悪くねぇよな～！」

「一年生ルーキーに、レギュラーのチャンス、奪《うば》われないようにね～」

雛が意地悪くいうと、虎太朗は「俺がそんなヘマすっかよ！」と、ムッとしたように言い返してきた。

「ど～だか～」

「そっちこそ、すげー一年がはいってきて、記録抜《ぬ》かれたからって、メソメソすんなよ！」

「私がいつ、メソメソしたことがあるのよ！」

「中学の時、してただろ！」

「してません――っ‼」

顔を突《つ》きあわせてにらみあってから、おたがいにフンッとそっぽをむく。

身長がいくら伸びても、中身は全然変わらないままだ。

(やっぱり、虎太朗は虎太朗!)


一年生の入学式から一週間。

桜はほとんど散り、校内のアスファルトの路面が花びらでおおわれている。

雛はTシャツのうえに陸上部のジャージを急いではおりながら、校舎を目指して走っていた。

園芸部の手伝いをしていたら、思ったよりも時間がかかってしまった。

陸上部では、ミーティングがそろそろ終わっているころだろう。

今日は一年生を集めて説明会をするといっていたから、かけもちしている園芸部のほうに抜けさせてもらっていたのだ。

「練習には遅《おく》れないって、部長に約束してるのに〜っ!」

校庭にむかうと、男子サッカー部がパスまわしの練習をしているところだった。

桜丘高校のサッカー部は強豪《きょうごう》として知られているため、部員数も多い。

そのなかで、パッと虎太朗に目がいってしまうのは、見慣れているからだろうか。

真剣《しんけん》に部活に打ちこんでいるその姿をながめていた雛は、「こんなことしている場合じゃない！」と思い出して、陸上部のみんなをさがす。


「ああ〜〜っ、やっぱり、もう始まってる！」

部員たちは校庭のすみで走り幅跳《はばと》びやハードル走の練習を始めていた。

いつもより人数が多いのは、仮入部の一年生が参加しているためだろう。

「すみません、遅れました！」

腕《うで》を組んで練習を見ていた部長の高橋《たかはし》先輩に駆《か》けよる。

三年生で背が高く、スラッとした体形の美人だ。長い髪《かみ》をうしろで一つに束ねている。

「ああ、瀬戸口か。あの子、どう思う？」

雛は高橋先輩の視線を追うように、短距離走《たんきょりそう》のレーンのほうを見る。

百メートルのタイムを測定中のようだ。

二年生部員の合図で、スタート位置についた女子がクラウチングスタートの姿勢をとる。

軽くしたをむいて息をはきだしてから、ゴールラインを見すえていた。

スタートの合図の笛が鳴った瞬間《しゅんかん》、彼女はダッシュする。

(あっ、あの子……)

校舎で迷子になり、雛に一年の教室の場所をきいてきた、ショートボブの女子だ。

あの時はひどくオロオロしていたのに、いまはキリッとした顔つきになっていた。

走るフォームが綺麗《きれい》で、思わず目を奪われる。理想的、といってもいいだろう。

一気に走りきると、彼女は軽く助走にかえてふりかえる。その足がトンッととまった。

二年生部員がタイムを読みあげると、ワッと歓声《かんせい》があがっていた。

「おっ、瀬戸口と同タイム。長距離のほうが得意って言ってたけど、これは短距離でも期待できそうだね。瀬戸口のいいライバルになるよ!」

高橋先輩はうれしそうに笑って、ポンと雛の背中を叩《たた》いた。

ライバル――。

(ちがうよ……あの子には、まだ余裕《よゆう》があった)

それでも、雛が全力でだした自己ベストタイムとほとんど同じ。

本気をだせば、もっといいタイムがだせるはずだ。

「高橋先輩、あの子って……」

「涼海《すずみ》ひより。中学のころの大会でもかなりいい記録だしてたみたいだよ。それで、うちのコーチが気に入って引っぱってきたんだって。親もと離《はな》れて一人暮らししてるみたい」

「……一人暮らし？」

「瀬戸口、あんたの後輩《こうはい》になるんだから、面倒《めんどう》みてあげな。うちの期待の新人なんだからね！」

そう言って笑いながら、高橋先輩はみんなのほうに歩いていく。

（私の後輩……）

雛は汗《あせ》をぬぐっている涼海ひよりを見つめる。

その時、彼女がふとこちらを見たので目があった。

ひよりは「あっ！」という顔をして、タオルを手にパタパタと駆けよってくる。

「この前の先輩！」

頬《ほお》をほんの少し赤くしながら、ひよりがうれしそうに声をかけてきた。

「あの時は、ありがとうございました！」

「あっ、うん……迷わず教室にいけた？」

「はいっ！」

ひよりは瞳《ひとみ》を輝《かがや》かせて、元気いっぱいに返事をする。

「そっか、よかったね」

雛はニコッと笑《え》みを返した。

「一年生、集合！」

高橋先輩が呼ぶと、ひよりは雛に頭をさげてから、あたふたと駆け戻《もど》っていく。

『そっちこそ、すげー一年がはいってきて、記録抜かれたからって、メソメソすんなよ！』

彼女の後ろ姿を見送りながら、ふと頭をよぎった虎太朗の言葉にドキッとする。

期待の新人がはいってきてくれることは、陸上部にとってもいいことに決まっている。

（虎太朗が、あんなこと言うから……）

「……走ってこよう！」

雛はグラウンドをでると、正門のほうにむかって走りだした。


一年生の仮入部期間が終わり、夏の大会にむかって本格的な練習が始まったのは、四月も終わりに近づいたころだ。

練習とミーティングを終えると、部室に戻って帰り支度《じたく》を始める。

制服に着がえながら、みんな楽しそうに雑談しているところだった。

「雛ーっ、帰りにクレープ食べにいくけど、どうする？」

同じ学年の部員が、ふりむいてたずねる。

「今日はいいかな。お昼、食べすぎちゃって」

ごまかすような笑みをつくり、雛はパタンとロッカーの扉《とびら》を閉めた。

練習で思うようなタイムがだせなかったことで、気分が沈《しず》んだままだった。

このところ、ずっとそうだ——。

前よりも遅《おそ》くなった気がする。練習量は増やしているはずなのに。

「しょうがないなぁ。よしっ、じゃあ、一年生でいく人！」

彼女が声をかけると、はいってきたばかりの一年生たちが、「はい！」とうれしそうに手をあげた。

「えーっ、三年生は誘《さそ》ってくれないのぉー？」

高橋先輩《せんぱい》が恨《うら》めしそうな声できくと笑い声が広がり、部室の雰囲気《ふんいき》が明るくなる。

「じゃあ、雛。明日《あした》ねー」

ワイワイ言いながら帰っていく部員たちを、雛は「うん、バイバイ」と手をふって見送った。

みんなの声が聞こえなくなると、フッと息をはいて天井《てんじょう》の蛍光灯《けいこうとう》を見上げる。

「調子、でないなぁ……」

そんなつぶやきが、シンとした部室に広がった。

外は雨になっているのか薄暗《うすぐら》く、屋根を叩く雨音が室内を包んでいる。

「あの……先輩！」

不意に声をかけられ、雛は「えっ」とふりかえった。

てっきり誰《だれ》もいないと思っていたのに、ドアのそばにいたのはひよりだ。

彼女はカバンの持ち手を両手でギュッと握《にぎ》りながら、緊張《きんちょう》した顔で立っている。

「涼海さん、みんなとクレープ食べにいったんじゃ……」

「うち……じゃなくて、私はえっと……た、たまごの!!」

「……たまご⁇」

「たまごの特売日で!! だから……早く、帰らんと……」

そういうと、ひよりはなぜか落ちこんだようにうつむいてしまった。

二人とも会話のとっかかりをつかめない。

広がる沈黙《ちんもく》が気まずかった――。

「え、えーと……そうだ。部室、閉めて帰らないと！」

雛はカバンを手にドアへとむかう。

部室をでて鍵《かぎ》をしめてから、通路で待っていたひよりを見る。

「それじゃ、私は鍵、職員室に戻してくるから」

「それなら、うちもっ！」

ひよりがパッと顔をあげる。

それから、恥《は》ずかしそうに「私も……」と、言いなおしていた。

「ううん、今日はいいよ。ほら……たまごの特売に、間にあわなくなるよ？」

ひよりが、「あっ……」と残念そうな表情になる。

「じゃあ、涼海さんも気をつけて帰ってね」

雛はできるだけ明るく言ってから外通路を通り抜《ぬ》け、階段をおりていった。

雨が水たまりをはじいて、波紋《はもん》を広げている。

（いい子、なんだよね……）

雛はカバンから折りたたみ傘《がさ》をとり、パッと開いて足を踏《ふ》みだす。

一度だけふりかえると、ひよりは部室棟《とう》の階段のしたにたたずんで、落ちる雨をながめていた。

その姿がほんの少しだけ寂《さみ》しげに見えて、雛の足がとまる。

引き返そうかと迷ったものの、結局、話しかけることを思いつけなくて、そのまま校舎にむかって歩きだした。

＊ ✩ ★ ✧ ★ ✩ ✦

「……つまり、雛はその涼海って子といるのが、気まずいってことか？」

帰り道、傘をならべて歩きながら、虎太朗が意外そうな顔をしてきいてきた。

正門のところで、サッカー部の練習が終わって帰るところだった虎太朗と、ばったり顔をあわせたのだ。

おたがいに最終下校時刻間際《まぎわ》まで練習していたからだろう。

それに、家が隣同士《となりどうし》なので、自然と一緒《いっしょ》に帰ることになってしまう。

外はすっかり日が落ち、空はどんよりとした灰色の雲におおわれていた。

土砂《どしゃ》ぶりの雨ではないが、地面はぬれてところどころに水たまりができている。

練習中にふらなくて幸いだった。

「そういうわけじゃないけど……」

雛は言いよどんで下をむく。

「だって、あんまり話してないんだろう？　苦手なのか？」

「苦手じゃないってば」

虎太朗を見上げると、ついむきになったように言い返した。

ひよりはいい子だ。それは見ていればわかる。

練習熱心で、真剣《しんけん》に打ちこんでいるし、部活前の準備も、後片づけも、率先《そっせん》してやっている。

部活の後、一人外周を走っている姿も何度か見かけた。

本気で陸上をやりたくて、親もとをはなれ、一人暮らしをしながらこの桜丘高校に通っているのだ。真剣でないはずがない。

彼女が部活に打ちこむ姿を見ていると、あせりとプレッシャーが大きくなる。

ひよりは長距離《ちょうきょり》や短距離だけではなく、棒高跳《ぼうたかと》びやハードルも得意なようだ。

陸上競技全般《ぜんぱん》が得意なのだろう。見ていると、かなり運動神経がいいことがわかる。

高橋先輩も、顧問《こもん》の先生も彼女にはかなり期待をかけているようだ。

中学のころから、陸上に真剣に打ちこんできたのは雛も同じだ。

短距離なら部内の誰にも負けないと、今まで自負してきた。

その分、練習も人一倍励《はげ》んできたつもりだ。だから、負けたくないという思いはある。

そのせいで、二人きりになるとつい気まずさを感じてしまう。

(余裕《よゆう》ないな……私……)

雛は小さくため息をつく。

ひよりも気まずくなるのか、このところはあまり話しかけてこなくなった。

ただ、時々、なにか言いたそうに見つめてくるだけだ。

それが気になるものの、『どうしたの?』の一言が、かけられずにいる。


「先パイ、だろ?」

「わかってるってば」

雛は不機嫌《ふきげん》に言って、水たまりをピシャンッと踏みつける。

「ライバルができるって、いいことじゃねぇの?」

「簡単に言わないでよ」

虎太朗は、「わけわかんねー」とばかりに眉間《みけん》にしわをよせている。

虎太朗ならきっと、ライバルになるような選手がはいってきて、ポジションを奪《うば》われそうになっても、落ちこんだり、凹《へこ》んだりする間もなく、むしろはりきって練習するのだろう。

自分がやろうと決めたことは、最後まで頑固《がんこ》にやり通す。そこに迷いなんてない。

いやになるくらいに、まっすぐな性格――。

「そーゆーの、雛らしくないと思う」

真顔になった虎太朗に言われて足がとまる。

「虎太朗に……私のなにがわかるの」

そう言った声が、ひどく情けなく聞こえた。

「陸上部のこととか、その涼海って子のことはわかんねぇけど、でも……」

雛がためらうように視線をあげると、虎太朗がまっすぐに見てきた。

「雛のことなら、わかってる」

はっきりと迷いのない声で言われて、雛は返す言葉につまった。

なぜかあせってしまい、顔をそむける。

「わかってないよ、全然……幼なじみだからって、全部知ってるようなこと言わないで!」

つい、突《つ》っぱねるような口調になる。

「雛が毎日、練習したり、朝も走りこみしてたのは知ってるから言ってんだ」

虎太朗にそれ以上言い返せなくて、雛はクシャッと泣きそうな表情を浮《う》かべた。

サッカー部と陸上部は同じグラウンドで練習している。

家が隣同士だから、虎太朗は雛が朝や夕方にランニングしていることも知っているのだろう。

虎太朗がサッカー部の練習に打ちこんでいる姿を、雛が毎日見てきたように、だ。

「なんで、そんなに自信がねぇんだよ。努力しても、かなわないかもしれないからか? だからって、いままで雛がやってきたことが無駄《むだ》になるわけじゃないだろ?」

「そんなこと、わかってるってば」

「抜《ぬ》かれたら、またがんばって抜き返せばいいだろ。そのために、やってんじゃねぇのかよ。自分よりうまいやつなんて、いくらでもいるだろ」

「もういいっ！」

雛は聞きたくないとばかりに耳をふさぐ。

手からはなれた傘が、地面に転がった。

「よくねーよ！」

虎太朗が雛の手首をつかみ、グイッと耳から引きはなす。

つぶっていた目を開くと、思いのほか虎太朗の顔が近くて内心あせる。

「うしろなんかむくな。そんなのはやっぱり、雛らしくない」

真剣な顔で言われ、雛は呼ぼうとした虎太朗の名前をコクンッとのみこんだ。

（私らしくない……か……）

雛はゆっくりと視線をさげ、雨に濡《ぬ》れている地面を見つめた。

「あっ……わっ、わ、悪い!!」

虎太朗が急に動揺《どうよう》したような声をあげて、パッと雛の手首をはなす。

握《にぎ》りしめられていた手首が、風にさらされて冷たくなったように思えた。

虎太朗は行き場を失った手を、気まずそうにポケットに押しこんでいる。

真っ赤になった虎太朗の顔を見つめていた雛は、思わずプッと吹《ふ》きだした。

「なにあせってるの?」

傘《かさ》を拾いあげ、雛はからかうようにきく。

(幼なじみなのに……変なの)

「べつにあせってねぇし! とにかく……」

虎太朗は道路のほうをむいたまま、「がんばれよ……」と声を小さくした。

「うん……」

雛はコクンとうなずく。

いつの間にか、胸につっかえていたものがとれ、自然と口もとがほころんでいた。

「でも、やっぱ……雛はメソメソするんだな」

虎太朗は傘をかたむけて雛を見ると、ニッと笑う。

「メソメソなんてしてないっ。ただ……ちょっと、悩《なや》んでただけですーっ!」

雛はふくれっ面《つら》になって、プイッとそっぽをむいた。

「ふーん？」

「虎太朗にはもー絶対！　相談なんかしないから!!」

雛はそう宣言して、足早に歩きだす。

虎太朗がおかしそうに笑っているのが、腹立たしくてしかたなかった。

★ ☆ ★ ✧ ★ ☆ ✦

五月、最初の土曜日。

急に降りだした雨で部活の練習が中止になり、雛は着がえを終えてから部室をあとにする。

校舎の時計は、午後五時をまわったところだった。

正門にむかって歩いていく生徒たちの傘が、雨を受けとめている。

（そういえば、部室にジャージ忘れてた！）

雛は不意に思い出して足をとめる。

明日《あした》は部活が休みだ。

濡れてしまっているジャージを、ロッカーのなかにいれたままにはしておけない。

（もーっ、なにやってるかなぁ……）

自分のうっかりさにあきれながら、雛は駆《か》け足で部室に引き返した。

校舎の裏手にある部室棟《とう》から、帰り支度《じたく》をした生徒たちが出てくるのが見えた。

その生徒たちとすれ違《ちが》いながら、錆《さ》びた外階段をあがっていく。

（もう、鍵《かぎ》閉められてるかな……）

他《ほか》の部員たちも、着がえを終えて帰ったころだろう。

誰《だれ》か残っていてくれればいいが、そうでなければ職員室に鍵をとりに戻《もど》らなくてはならなくなる。

そう思ったが、女子陸上部の部室のノブをひねってみると、鍵はかかっていなかった。

（あれ、あいてる）

雛はドアを開いてなかにはいる。

薄暗《うすぐら》い部室に一人残っていた女子を見ておどろき、思わず声をあげそうになった。

ポタポタと雫《しずく》を垂らしながら立っていたのは、ひよりだ。

髪《かみ》が頬《ほお》や額にペッタリとはりついているから、一瞬《いっしゅん》、誰だか分からなかった。

「涼海さん！　どうしたの。びしょ濡れだけど……」

ドアを閉めると、雛はあっけにとられながらたずねた。

「あっ、わっ、瀬戸口先輩《せんぱい》……っ！」

ひよりはワタワタして、手にしていたジャージで顔をぬぐう。

そのジャージもすっかり水をふくんでいるから、あまり効果はないようだった。

「外周走ってたら急に降りだして……」

（そういえば、グラウンドで練習してた時、いなかった……）

みんなで着がえている時も、ひよりの姿は見かけなかった。

部活がいつもより早く終わったことに、気づいていなかったのだろう。

高橋先輩たちもバタバタしていて、ひよりのことをすっかり忘れていたらしい。

それは雛も同じだ。本当なら、早く気づいて迎《むか》えにいくべきだったのに。

（あーもう……先輩、失格だなぁ……）

「そのままじゃ、風邪《かぜ》ひいちゃうよ？　体も冷えるし」

「は、はいっ！」

ひよりは緊張《きんちょう》したように返事をする。けれど、すぐに困り顔になっていた。

「もしかして……タオル、持ってきてなかったの？」

「家に忘れてきたみたいで……あっ、で、でも大丈夫《だいじょうぶ》です！」

いまのひよりは、洗濯機《せんたくき》にまるごと放《ほう》りこまれたようなかっこうだ。

雛はスポーツバッグから予備のタオルをとりだし、ひよりに歩みよる。


「ほら、そこ、座って」

ひよりは戸惑《とまど》いながらもストンとパイプ椅子《いす》に腰《こし》をかけた。

雛は彼女の前に立つと、タオルでその濡れた髪を拭《ふ》く。

「あの……瀬戸口先輩」

うつむいていたひよりが、ためらうような小さな声で呼びかけてきた。

「……ありがとうございます」

そう言われて、雛の手がとまる。

「やっぱり、瀬戸口先輩ってすごいなぁ……」

そんな言葉に胸がうずいたのは、ほんの少しだけ後ろめたかったからだ。

「そんなことないよ……」

雛が声を落として答えると、ひよりがパッと顔をあげた。

「瀬戸口先輩は走るフォームだって綺麗《きれい》だし……それに優《やさ》しくて、明るくて、みんなに慕《した》われてるし！」

ひよりは膝《ひざ》の上で両手をギュッとにぎりながら、「う、うちの憧《あこが》れですっ！」と力をこめるように言った。

「私……が？」

雛がおどろいてききかえすと、彼女は頬を赤くしながらコクコクとうなずく。

その瞳《ひとみ》は真剣《しんけん》そのものだ。

(涼海さん、そんな風に思ってくれてたんだ)

雛のほうは、ひよりに追い越《こ》されそうであせって、先輩として気を配る余裕《よゆう》もなくしていたのに。

憧れだと言ってくれる——。

そのことがうれしくて、雛の頬までつられたように熱を帯びてくる。

「ありがとう……ございます……」

かしこまってペコンと頭をさげると、ひよりはワタワタしながら「こちらこそっ！」と、同じように頭をさげていた。

目があうと、二人同時に笑いだす。

部室の気まずかった空気が、急にゆるんだような気がした。

(なんだ、そうだったんだ)

話してみれば、こんなにも簡単にわだかまりは解けるのに。

ずっと一人で、モヤモヤしていた。

雛はあいているパイプ椅子を引きよせて、ひよりのそばにストンと座った。

「すごいのは、涼海さんのほうだよ」

雛は肩の力を抜《ぬ》くように、ふっとため息をついた。

「うちはすごくなんか……っ！」

ひよりが頭にのったタオルをギュッとさげ、恥ずかしそうに顔を隠した。

「すごいよ。一人で生活しながら、学校に通って、部活もがんばってるんだから」

自分の夢、目標のために、住み慣れた街や家をはなれて、初めての場所で生活する。

そのことがどれだけ、大変なことか——。


(私は……)

いつだって、そばに誰かがいて、助けてくれた。

両親や、兄、それに虎太朗や、夏樹がいてくれた。

そのことがいつの間にか、当たり前になっていたような気がする。

高校を決める時も、なにか目標があったからではない。

綾瀬恋雪《あやせこゆき》がこの学校に進学したから。

少しでもそばにいたくて、それしか見えなくて、後を追うように受験を決めた。

桜丘高校の陸上部は熱心に指導してくれるコーチがいることでも有名だった。

かなりいい成績を収めている。陸上を続けるにも最適の環境《かんきょう》だった。

兄や夏樹が通っていた高校だから、両親も反対はしなかったし、雛自身、進学に不安はなかった。他《ほか》に通いたい高校があったわけでもない。

だから、結果的に選択《せんたく》は間違《まちが》っていなかったし、後悔《こうかい》はしていない。

けれど、ひよりのように、自分自身のために、強い決意をもって選択したのかときかれると、答えられなかった。

「でも、いつも失敗ばかりで……」

ひよりは恥ずかしそうに声を小さくした。

「……大変、じゃない？　一人暮らしするの」

「それは……でも、この学校入るって決めた時、泣き言はいわんって約束したから」

ひよりは顔をあげると、そういってほほえんだ。

「そっか……」

（涼海さんって、強い子なんだ……）

夏の大会の予選が間近になった、六月の土曜日——。

陸上部で、各競技のタイム測定がおこなわれた。

スタートラインに立った雛は軽く手足をふってほぐし、スタートの体勢にはいる。

深く息をはきだしてから、クイッとあごをひき、ゴールを見た。

緊張した心臓の音が体中に鳴り響《ひび》いていた。


パンッと空に響いたピストルの音とともに、地面を蹴《け》って飛びだす。

イメージ通りの走り。いつもより足も体も軽い。

一気にゴールラインを走り抜けると、ストップウォッチで計測してくれていた二年生の部員が、タイムを読みあげる。

「おおっ、瀬戸口、自己ベストタイム更新《こうしん》したねーっ！」

高橋先輩《せんぱい》がやってきて、笑顔《えがお》で雛の肩《かた》を叩《たた》いた。

去年の夏にだしたタイムを、ずっと超《こ》えられなかったのに――。

雛は自分でもびっくりしながら、「は、はい」とうなずいた。

あごから滴《したた》る汗《あせ》を手でぬぐってからふりむくと、ひよりが手を握《にぎ》りあわせながら、瞳を輝《かがや》かせている。

彼女がうれしそうな顔をしたので、雛は気恥《きは》ずかしくなって笑みをこぼした。

ここ数日、ひよりの練習に付き合いながら、自分のフォームを見直したり、練習メニューを変えたりした成果がどうやらでたらしい。


（……虎太朗の言うとおりだったかな）


練習中のサッカー部のほうに目をやると、虎太朗は対抗戦《たいこうせん》の真っ最中で、汗だくになりながらグラウンドをかけていた。

そんな様子を見つめながら、雛は少しだけ目を細める。

虎太朗の夏の大会の予選も、もうすぐだ――。

レギュラー取るから、見に来てほしい
約束しちゃったからね
練習試合
山《やま》本《もと》幸《こう》大《だい》
11月7日生まれ　さそり座
A型　高二
寡黙な性格で口数が少ないが、
周りをよく見ていている

hero2 ～ヒーロー2～

柴《しば》崎《さき》健《けん》

4月1日生まれ おひつじ座
O型 高二

基本的にチャラいが、
アリサには一途
弟・愛蔵とは仲が悪い

高《たか》見《み》沢《ざわ》アリサ

2月3日生まれ みずがめ座
B型 高二

虎太朗たちとは
中学からの友人
彼の恋を応援している

hero 2 ~ヒーロー2~

朝、雛がカーテンの隙間《すきま》から差す光の明るさで目を覚ましてみると、まだ六時前だった。

いつもなら、もう少し寝《ね》ている時間だろう。

もう一度寝ようかと迷ったものの、眠気《ねむけ》はすっかりどこかへいってしまい、雛はあきらめてベッドをでる。

蒸《む》し暑い空気をいれかえようとカーテンを開くと、部屋が明るくなった。

ふと、隣《となり》の榎本家のほうを見れば、虎太朗がランニングから帰ってきたところだった。

ジャージズボンとTシャツ姿で、首にかけたタオルで汗《あせ》をぬぐいながら、ふぅと一息ついている。

(虎太朗、朝のランニングしてるんだ)

学校から帰ってきたあとも、夕飯の時間まで走っている。大会の地区予選が近いからだろう。

「……がんばるなぁ」

表情を和《やわ》らげてつぶやいた時、虎太朗が雛の部屋のほうを見上げる。

目があった瞬間《しゅんかん》、雛は反射的にバッとカーテンを閉じていた。

(な、なんで、私が隠《かく》れなくちゃいけないの⁉)

雛は軽く息を吸いこんでから、ゆっくりとはきだす。

「わ……私も走ってこよう！」

気持ちを無理やりいれかえるようにひとり言にしては大きな声をだすと、バタバタと準備にとりかかった。

☆ ☆ ★ ✧ ★ ☆ ✦

その日の昼休み、雛は弁当の包みを手に、コソコソと教室を抜《ぬ》けだした。

廊下《ろうか》では生徒たちがふざけあって騒《さわ》いでいる。

スピーカーから流れてくるのは、放送部がおこなっている校内放送だ。

「おい、雛」

ギクッとしながらふりかえると、ちょうど虎太朗が教室からでてきたところだった。

雛は思わず数歩さがって、「な、なに？」とききかえす。

「なんで、今朝、時間ずらしたんだよ？　家からなかなかでてこねぇからおばさんにきいたら、早くでたっていうし……」

「えぇーと、それは……朝、ランニングしてからいこうと思ってね！　いつもよりちょっと早く家をでた……かも？」

ジトーッと怪《あや》しむような目をむけられ、雛の視線が不自然に泳ぐ。

「朝のランニング？」

「べつに、虎太朗のマネしてるわけじゃないから！　私も大会の予選が近いからだから‼」

朝、虎太朗と目があったことを思い出し、雛はあわてて言いはった。

よけいに墓穴《ぼけつ》を掘《ほ》ってしまったような気がして、顔の熱がぐっとあがる。

（なんで、こんな言い訳してるの～～！）

「なんだ……雛も走りてーなら、朝、声かけたのに」

「いいってば！　一人で走りたい気分だったし……」

「なんで？　どーせ、走るんだったら一緒《いっしょ》のほうがいいだろ？」

虎太朗が首をひねる。

「一人がいいのっ！」

「なんでだよ？」

「なんでも！」

雛は強く言って、プイッとそっぽをむく。

「虎太朗、お前、昼さぁ……」

廊下にでてきた健が、虎太朗の姿を見つけて声をかけてきた。

「なんだよ！」

不機嫌《ふきげん》にききかえした虎太朗に、健は手をあげかけたままピタッととまる。

それから、雛と虎太朗を交互《こうご》に見て、ニヤーッと意地の悪い笑《え》みを浮《う》かべた。

「あー、悪い、悪い。お取りこみ中だったかー。俺のことは気にせず、続けろよ」

「うっせぇよ。っていうか、なにも取りこんでねーし!!」

「虎太朗、一応、親友として忠告しておくけど。そーゆーのは、人目のないところのほうがいいんじゃね？」

健は虎太朗の肩《かた》にポンと手をかけた。

「だ・か・ら！　お前は、なんの話してんだ！」

「え？　痴話《ちわ》ゲンカ？」

「んなわけねーだろ‼」

「あー？　じゃあ、なんの話？　別れ話？　だったら、ますます人気《ひとけ》のないとこのほうがよくねぇ？　こんなとこじゃ、まずいって。いくらなんでも……」

「もーっ、いいから、どっかいってろ！」

虎太朗は苦々しい顔になり、健の背中を両手で押す。

「あーはいはい。ごゆっくり〜。あっ、アリサちゃーん！」

健は購買《こうばい》へむかおうとするアリサの姿を見つけると、顔を輝《かがや》かせて追いかけていく。

その後ろ姿を、虎太朗はため息とともに見送っていた。

「ったく、あいつはー……っ！」

虎太朗が顔をしかめながら、頭をかく。

（今のうちに～～……）

雛はいきから生徒たちにまぎれて移動する。

「あっ、雛！」

虎太朗が気づいて声をあげると同時に、急ぎ足で階段を駆《か》けおりていった。

★ ☆ ★ ✧ ★ ☆ +

放課後、陸上部の練習を終えた雛は、帰り支度《じたく》をして正門にむかう。

その途中《とちゅう》、校庭の前を通りかかると、虎太朗のかけ声が聞こえた。

ちょうど対抗戦をおこなっている最中らしい。

夕日の差すグラウンドで、サッカー部の男子たちがボールを追いかけている。

虎太朗は指差しながら、一年の生徒に指示をだしているようだ。

立ちどまった雛は、その姿をはなれてながめていた。

(虎太朗がサッカー始めたのって、お兄ちゃんの影響《えいきょう》だっけ……)

小学生の時、兄の優はサッカークラブにはいっていたことがある。

日曜日になると、夏樹や虎太朗と一緒に兄の試合の応援《おうえん》にいったのを覚えている。

虎太朗がサッカーを始めるころには、優はクラブをやめてしまっていたけれど、虎太朗のほうは中学でもサッカー部にはいり、その後もずっと続けている。


一度やると決めたら、途中で投げださない。園芸部もそうだ。

今でも時間の合間をぬって続けている。サッカー部の練習がいそがしい時には、昼休みに作業をしている。

雛に付き合う形で入部した園芸部なのに。

最初は、『全然、むかねー』とぼやいていたくせに、今では誰《だれ》よりも熱心なくらいだ。

雛が陸上部や園芸部を続けてこられたのも、虎太朗のそんな姿を見てきたからだ。

虎太朗が音をあげないのに、自分がリタイアするのはいやだった。

負けたくない。そんな、対抗心《たいこう》があったのかもしれない。

それでも――虎太朗のがんばりに引っ張られてきたのは事実だ。

そんな呼び声が聞こえてふりかえると、ひよりがカバンを手に一目散に駆けよってくる。

「瀬戸口先輩《せんぱい》〜！」

その途中、つまずいて転《こ》けそうになっていた。

ひよりはどうしてか、グラウンドにいる時にはしっかりしていて、びっくりするくらい運動神経がいいくせに、普段《ふだん》は少々危なっかしいところがある。

通学用のローファーが少し大きいせいもあるのだろう。

どうやら、ランニングシューズでないと気持ちが引きしまらないらしい。

「涼海さん、これから帰るところ？」

「はい！　瀬戸口先輩、誰か待ってるんですか？」

ひよりは雛が見つめていた校庭のほうに顔をむけようとする。

「ああっ、ううん‼　待ってないよ！」

雛はあせって、彼女の視線をさえぎるように手をふった。

「あっ、そうだ。瀬戸口先輩！　あの……今日、特別に用事がないなら」

「え？　用事？　べつにないけど……？」

「それなら、うちと…………っ！！」

真剣《しんけん》な顔をして、ひよりはグッと両手を握《にぎ》りしめる。

雛もつられて、なにを言われるのかと緊張《きんちょう》した。

「ク…………クレー…………っ！！」

彼女が言おうとするのと同時に、校庭のほうで「わっ！」と声があがった。

「危ない!!」

サッカー部員の叫《さけ》ぶ声が聞こえ、雛とひよりは「え？」とふりむく。

その瞬間、目にはいったのは回転しながら、勢いよく飛んでくるサッカーボールだった。

雛は反射的にひよりを引きよせて、自分の体でかばう。


——当たる。

そう思った直後、パンッと音がした。

体にボールが当たった気配はなく、どこも痛くはない。

間違《まちが》いなく、ぶつかるコースだったはずなのに。

（……あ……れ？）

恐《おそ》る恐る目を開くと、男子が片手でサッカーボールを受けとめている。

「ったく……へったくそ……」

そうつぶやいた男子は、ボールを落として軽く蹴《け》った。

ボールは綺麗《きれい》な弧《こ》を描《えが》き、駆けつけてくるサッカー部員たちのほうへと飛んでいく。

正面玄関《げんかん》からでてきた女子たちが、その姿に気付いて急に騒《さわ》ぎだした。

たしかに、女子たちが色めき立つ理由もわかる。

かなり整った顔立ちの男子だ。うしろ髪《がみ》をキュッと結んでいるのも、よく似合っている。

制服がまだ新しいところをみると、一年生だろう。

（この人……あ、あれ？）

その一年生男子は眉根《まゆね》をよせたまま、手をズボンのポケットにしまう。

そのまま、雛やひよりに一瞥《いちべつ》もくれず、さっさと歩きだした。

「あっ……あ、ありがとう。柴崎君‼」

ひよりがハッとしたように、あわてて言った。

けれど、彼はふりかえりもしなかった。

(柴崎……君？)

雛は立ち去る男子の後ろ姿を見送りながら、首をひねる。

「おい、帰るぞーっ」

ひよりが『柴崎君』と呼んだその男子は、正門のところにいたべつの男子に声をかけていた。

彼のまわりにも、女子たちが集まってキャーキャーと騒いでいる。

桜丘高校の女子生徒だけではない。他校の女子まで集まっているようだった。

二人は正門をでると、待っていた車に乗りこむ。その車はすぐに走り去り、見えなくなった。

ひよりはしばらくのあいだ、ぼんやりとしたように正門の方を見つめていた。

「……涼海さん、知り合い？」

「あっ……えーと……クラスが同じで……」

ひよりは雛のほうをむくと、ぎこちない笑《え》みを浮《う》かべる。

それから、「あっ」と思い出したように声をあげた。

「そうだ。あの、瀬戸口先輩！　うちとクレープ……一緒《いっしょ》に食べにいってくれませんか‼」

勇気をふりしぼるように言ったひよりの顔が、赤くなっている。

「……へ？」

（クレープ……⁇）

「この前、うちも、瀬戸口先輩も、クレープ、みんなと食べにいけんかったから……」

「もしかして、なにか言いたそうだったのって……そのことだったの？」

そうきくと、ひよりは恥《は》ずかしそうにしながらうなずく。

雛は目を丸くしてから、肩《かた》を揺《ゆ》らして笑いだした。

どんな深刻な話をされるのかと思えば――。

雛は軽く息を吸いこんでから、「いいよ！」と明るく答えた。

「おいしいお店、あるから……よって帰ろ」

「はい！」

ひよりはうれしそうな顔をして、大きくうなずいた。

★✩★✧★✩✦

翌朝、雛が「いってきまーす！」と家をでると、虎太朗が自宅の玄関の前で立っていた。

いつもよりソワソワしているのは、雛のことを待っていたからだろう。

雛はこっそり息をはいてから、足を踏《ふ》みだした。

「虎太朗、なにしてんの？」

声をかけると、虎太朗の肩がギクッとしたように跳《は》ねる。

「べつになにもしてねーよ……」

なに食わぬ顔をしてやってくると、雛の隣《となり》にならんだ。その顔は横をむいたままだ。

なにか言いたそうにしているのに、なかなか言いださない。

二人とも、朝の道を別々の方向をむいたまま歩く。

「あのさ……昨日、わりぃ……」

しばらくしてから、虎太朗がいつもより声を小さくして、気まずそうに謝ってきた。

「ボールのこと？　虎太朗が蹴ったボールじゃないでしょ」

あの後すぐに、ボールを蹴ったサッカー部の男子が駆《か》けよってきて、雛とひよりに謝ってくれた。

「それに、ボールは当たらなかったし……かばってくれたからね」

「ああ、あいつ……一年だったよな？」

なぜか、虎太朗は少し苦い顔になっていた。

「そういえば……柴崎君って、弟いるの？」

「シバケン？　さー……どうだろうな？」

「中学のころからの友達でしょ。知らないの？」

「そーだけど……あいつ、自分の家のこと、全然話さねぇし」

虎太朗は前をむいたまま、眉《まゆ》をひそめている。

それから、「でも、なんでだよ？」と雛のほうをむいてきいてきた。

「涼海さんが、あの人のこと、柴崎君って呼んでたから」

「ふーん……だったら、そうなんじゃねぇの？」

「気にならないの？」

「べつに。あいつが言わねぇなら、言いたくねぇってことだし」

虎太朗はすぐに顔を正面に戻《もど》す。

六月も終わりになると、朝も蒸《む》し暑さを感じる。

（そういうもの……かなぁ……）

「雛が言ってた後輩《こうはい》って、一緒にいた子だよな？」

「涼海さん？　そうだよ。昨日、一緒にクレープ食べにいったんだ。おいしかったなぁ」

雛は昨日二人で食べたクレープのことを思い出して、ヘラッと笑《え》みをこぼす。

あの後、二人で買い物をして、ゲームセンターで遊んだりもして思う存分楽しんだ。

「……よかったな」

虎太朗の声が少し、柔《やわ》らかくなったように聞こえた。

雛は「え？」と、その横顔を見上げる。

「色々悩《なや》んでただろ。それ……解決したみたいだし」

「あぁ……うん、それはね。今度の大会予選も、がんばらなきゃ」


「あの……さ、雛……」

虎太朗が隣で、コホンと咳払《せきばら》いした。

「今週の土曜って、ヒマ……？」

「土曜？　ヒマだけど……なに？」

「俺の試合、あって……」

虎太朗はモゴモゴと口ごもる。


（知ってるよ……）


「試合って、ちゃんとでられるの～～？」

雛はからかうような笑みを浮かべてきいた。

「でられるに決まってるだろ！」

「まだ、メンバー発表されてないんでしょー？」

「絶対、でる！」

虎太朗は宣言するように言って、こぶしを強くにぎる。

「レギュラー取るから、見に来てほしい」

視線を横にずらしながら、虎太朗はボソッとした声でいった。

「約束しちゃったからね」

雛がそう答えると、虎太朗の表情がホッとしたようにゆるむ。

「絶対、だからな！」

うれしそうに言って笑った虎太朗に、一瞬《いっしゅん》だけ、ドキッとした。

その顔が——子どものころとあまりにも変わらなくて。

『ひなー、俺、絶対、シュート決めるからな！』

『うん、がんばってね。ひな、いっぱい、いっぱい、応援《おうえん》するよ‼』

あれは、小学生のころ。サッカークラブの試合の日の朝のことだ。

初めて試合にだしてもらえることになって、虎太朗は玄関《げんかん》前で見送る雛に、ピースをしていた。

（あのころから、ずっと……がんばってたもんね）

雛は立ちどまり、先を歩く虎太朗の背中を黙《だま》って見つめる。

「虎太朗」

呼びとめると、虎太朗がふりむいた。

「なんだよ？」

「試合、見にいくんだから……がんばってよね」

雛はカバンをうしろにまわし、そう言って歩きだす。

隣にならぶと、虎太朗は「おうっ！」と白い歯を見せて笑っていた。


土曜日最後の授業は、古典だった。

授業が終わった後、日直だった雛はクラス全員のノートを回収して職員室にむかう。

「失礼します」

ドアを開けてはいると、明智先生は仕事机の前に座り、男子と話をしているところだった。

上履《うわば》きのラインの色を見ると、一年生の生徒だ。明智先生の受け持ちのクラスの生徒だろう。

「染谷《そめや》、お前ねぇ……」

「失礼します」

明智先生の話をピシャリとさえぎるように言った男子生徒は、それ以上用事はないとばかりに踵《きびす》を返す。

横を通りすぎるその生徒の横顔を、雛はチラッと見た。かなり綺麗《きれい》な顔をした男子だ。

(あれ、この子……)

正門のところで、彼が女子たちにかこまれていたのを思い出す。

最近、校内でも噂《うわさ》になっている。芸能事務所に所属して、アイドル活動をしているという生徒だ。雛の親友の華子も大ファンだと騒《さわ》いでいたし、アリサが買っている雑誌にもよくインタビュー記事や写真が掲載《けいさい》されていた。

LIP × LIP

ピリッとした雰囲気《ふんいき》をまとったまま、その男子は職員室をでていった。

「あー……ったく……」

明智先生はそうもらして、髪《かみ》をかきあげている。

いつも飄々《ひょうひょう》としている先生にしては珍《めずら》しい困り顔だった。

「どうかしたんですか？」

雛は明智先生にノートを渡《わた》しながらたずねた。

「ん？　ああ、瀬戸口……ごくろうさん。アメ、食べるか？」

ひょいっと白衣のポケットから棒つきのアメをとりだす。

明智先生は古典の先生だが、なぜかいつも白衣姿で、それがトレードマークのようになっている。

なにかあるとすぐアメをくれることもすっかり知れ渡っているため、最近は先生の白衣のポケットを狙《ねら》う生徒が後を絶たない。

雛はこの先生が嫌《きら》いではなかった。

やる気がなさそうに見えることもあるが、こう見えて生徒思いだ。

兄の優が三年間、世話になった先生だから信頼《しんらい》している、というのもある。

「いただきます」

雛は差しだされたアメを、ありがたく受けとった。


「今日はサッカー部の試合だっけ？　榎本もでるのか？」

雛は窓のほうに何気なく視線をやりながら、「そうみたいですよ？」と答えた。

昨日、試合のスタメンに選ばれたと、意気揚々《いきようよう》と報告してきた。

二年生では、虎太朗ともう一人だけらしい。


「ふーん。まぁ……瀬戸口が応援にいくなら、大丈夫《だいじょうぶ》か」

そう言うと、明智先生は椅子《いす》をクルッとまわして机にむかう。

「えっ、どうして、私が⁉」

「見てくれてるってだけで、がんばれるんだよ」

明智先生はノートをチェックしながら、口もとをゆるめている。

「そうかな……？」

雛はつぶやいて、首をひねった。

「山本も試合、見にいくんだろう? 会ったら校内新聞用の写真、何枚か撮《と》っておくように伝えておいてくれるか? あと……柴崎、見かけたら、職員室くるよーに」

「柴崎君?」

「そー、柴崎兄のほう」

明智先生はわずかに顔をしかめる。


話が終わると、雛は「失礼します」と頭をさげて職員室をでた。

「もー……明智先生、伝言、多すぎ。自分で伝えればいいのに」

そうひとり言をもらしながら廊下《ろうか》を歩いていると、ちょうど健が昇降口《しょうこうぐち》のほうにむかうのが見えた。その前を歩いているのはアリサだ。

「それなら、明日《あした》は!?」

そうたずねる健に、アリサは「いそがしいから、ダメ」と、そっけなく答えている。

「え〜、じゃあ、アリサちゃんがいそがしくない日っていつ？」

「そんな日は一日たりともありません！」

急ぎ足で廊下を通り抜《ぬ》けるアリサを、健がパタパタと追いかけていく。

二人が一緒《いっしょ》にいるのも、もうすっかり見慣れた光景になっていた。


「あっ、柴崎君」

雛が廊下を歩きながら呼ぶと、健が「ん？」と足をとめる。

つられたように、アリサも立ちどまって雛のほうを見た。

「職員室で、明智先生が呼んでたよ」

「は？　俺？　なんで？」

「よくわからないけど、兄のほうって……」

雛がそう答えると、健は一瞬《いっしゅん》だけ真顔になり眉《まゆ》をひそめる。

いつもニコニコしている彼が、こんな表情を見せるのは珍しい。

「あー……わかった。後でいくわ〜」

健はいつもの笑顔《えがお》と軽い口調に戻《もど》ると、ヒラヒラと手をふる。

「すぐに、いきなさいよ……」

アリサがあきれたような目を健にむけた。

「それと、山本君、見なかった？」

「幸大？　部室によるみたいなこと言ってた気がするけど。なんか、用事？」

「明智先生がね。山本君にサッカー部の試合の写真、何枚か撮っておいてほしいみたい」

「俺から連絡《れんらく》しよーか？」

「うん、お願い」

雛が頼《たの》むと、健はさっそく携帯《けいたい》をとりだして、メッセージを送っていた。

幸大からの返信はすぐにあったらしく、着信を知らせる音が鳴る。

「瀬戸口さんも、虎太朗の応援《おうえん》いくんだろ？」

「うん、一応ね」

「俺とアリサちゃんも後で一緒にいくわ」

携帯のメッセージをたしかめてから、健が顔をあげてニコッと笑う。

「勝手に決めないでくれる？」

不機嫌《ふきげん》そうに眉根《まゆね》をよせるアリサを、健が「あれ？」というように見た。

「虎太朗の応援、いかねーの？」

「いくわよ」

アリサはそう答えると、プイッとそっぽをむいた。


「えっ……なんで虎太朗のことだと、そんなに素直《すなお》なの？　俺にはそっけないのに？」

「さー、どうしてか、自分の胸に手を当ててよく考えてみたら？」

アリサは健に冷ややかな目をむけてから、長い髪をなびかせて歩きだす。

「じゃあ、瀬戸口さん。またあとでな！」

健は雛に軽く片手をあげると、バタバタとアリサを追いかけていった。

(柴崎君もがんばるなぁ……)

苦笑《くしょう》してから、雛はつけていた時計をたしかめる。

今は午後一時前だ。

(試合って、一時半からだったよね……)

サッカー部員たちはグラウンドで、打ち合わせをおこなっている最中だろう。

「虎太朗、緊張《きんちょう》してるかな……」

雛は足を昇降口のほうにむける。

生徒の少ない物静かな廊下を歩いていると、渡《わた》り廊下のほうから歩いてきた高橋先輩《せんぱい》が、

「あ、瀬戸口！」と声をかけてきた。

「ちょうどよかった。これから、ミーティング始めようと思うんだけど、顔だせる？」

「えっ、これから……ですか!?」

雛はあわてながらききかえした。

今日の陸上部の練習は、サッカー部の試合でグラウンドが使えないため休みになっている。

各自が自主トレか、外周を走ることになっていたが強制ではない。

「用事があるなら、いいんだけど」

「いえ……でます！」

雛はあわてて答えた。部活のミーティングをおろそかにはできない。

（大丈夫、だよね。試合までには時間があるし……）

「じゃあ、悪いんだけど、他《ほか》の二年生にも声かけといて。部室でやるからさ」

「あの——……先輩？　ミーティングって、どれくらい……」

雛は引き返そうとした先輩を呼びとめ、おずおずとたずねた。

「あー、そんなにかかんないよ。三十分くらいだから」

試合開始時刻にはなんとか間にあうだろう。

そう思って、胸をなでおろしていたのに——。

☆

（こんな時に限って——っ‼）

雛は走りながら、時計をたしかめる。

もうとっくに、午後二時をすぎていた。

三十分で終わるはずだったミーティングが、顧問《こもん》の先生が加わったことで思いのほかのびてしまった。

とはいえ、次の地区予選の大事な話だったから、途中《とちゅう》で抜けだすわけにもいかない。

(約束したのに……………!)

雛はあせりを覚えながら、試合がおこなわれているグラウンドを目指す。

頭上で輝《かがや》く太陽の光がまぶしくて暑い。

グラウンドのほうから聞こえてくるのは、集まっている生徒たちの歓声《かんせい》と声援《せいえん》だ。

桜丘高校の生徒もいれば、対戦相手の学校の生徒たちもいる。

広いグラウンドを、両チームの選手たちが駆《か》けていた。

雛は呼吸を整えながら、虎太朗の姿をさがす。

ボールをドリブルしながら走る虎太朗は、相手チームの選手にまわりこまれて、パスをだしていた。

試合はもうすでに後半戦にはいっている。そのうえ、この暑さだ。

相当に体力を削《けず》られているのだろう。息があがっているのが遠目からもわかる。

「瀬戸口さん、こっち」

フェンスのそばで試合を見ていた健が、雛に気づいて声をかけてきた。

幸大やアリサも一緒《いっしょ》のようだ。雛は試合を気にしながら、三人のもとに駆けよる。

「試合は？」

「前半終了《しゅうりょう》間際《まぎわ》に一点いれられて、そのままだよ」

幸大がカメラを手にしながら、そう教えてくれる。

「なにやってたの。遅《おそ》かったじゃない」

アリサに言われて、雛は首をすくめた。

「なかなか、ミーティングが終わらなかったんだもん」

「抜《ぬ》けだせばよかったのに」

まわりからワッと声があがったので、二人はグラウンドのほうを見る。

虎太朗がディフェンスを抜いて駆けだす。それを、相手チームの選手が、かなり強引《ごういん》にとめようとしていた。

「あっ！」

雛が声をあげた時には、虎太朗は反射的にかわし、走ってきた味方選手にパスをだしていた。

パスがつながり、シュートが決まった瞬間《しゅんかん》、歓声があがった。これで、一―一の同点だ。

「おーっ、いまのうまかったな！」

うれしそうにいう健に、幸大がカメラをかまえたまま「そうだね」と相槌《あいづち》を打つ。

今のプレイはしっかり記録できたようだ。

幸大はカメラを一度さげてから、膝《ひざ》に手をつきながら息をはいている虎太朗に再びカメラをむけ、もう一枚、パシャッと写す。

グラウンドでは、虎太朗が相手選手の蹴《け》ったボールをカットし、すぐにドリブルしていた。

「虎太朗ーっ‼　いけーっ‼」

「榎本ーっ！！！」

健とアリサが、声援をあげる。

まわりの生徒たちも、ワッと声をあげていた。その声がグラウンドに響《ひび》く。

相手選手がいかせまいと、かなり強引に体をぶつけてとめにかかっている。

それを抜こうとする虎太朗の顔には余裕《よゆう》がないように見えた。

『レギュラー取るから、見に来てほしい』
そっけない口調で言ってきた虎太朗のことを思い出す。
(虎太朗……がんばれ……)
思わず、そう応援《おうえん》していた。
雛の心臓の音まで、緊張したように大きくなっていく。
(がんばれ……)
あと一点——。
ゴールを目指す虎太朗の前に、相手チームの選手が全力で滑《すべ》りこんできた。
虎太朗は体勢を崩《くず》しそうになりながらも、ボールを足で引きよせてキープしている。
それを奪《うば》おうとする相手チームの選手も、躍起《やっき》になっていた。
そんな競《せ》り合いに、雛は息をのむ。
にぎりしめた手が熱くて、汗《あせ》ばんでいた。

「負けるな――――っ!!!」
思わず、雛は大きな声をあげる。
そんな雛にびっくりしたのか、幸大や健、それにアリサがこちらをむく。
声が届いたのか、虎太朗が弾《はじ》かれたように顔をあげた。
深く息をはくと、次の瞬間には相手選手をターンでかわして、駆けだしていた。
相手選手が左右から走ってきた時には、すでにシュートの体勢にはいっている。
勢いよく蹴りこんだボールに、ゴールキーパーが飛びつこうとする。

雛は思わず、強く目をつぶっていた。
ホイッスルと歓声が聞こえる。
恐《おそ》る恐る目を開くと、隣《となり》でアリサがうれしそうな声をあげながら飛び跳《は》ねていた。
そこで、試合終了だった。

虎太朗から目がはなせなくて、にぎりしめた手が解《ほど》けなかった。

心臓の音が、ずっと響いている――。

(虎太朗って、こんなに……こんなに……すごかったんだ………)

『ひなー、俺、絶対、シュート決めるからな!』

そういって、ピースしてきた子どものころの虎太朗の姿が頭をよぎる。

あの日、試合でゴールを決めた時と同じように。

虎太朗は雛と目が合うと、うれしそうに笑ってピースをしていた。

ずっと、兄の優が雛のヒーローだった。

けれど――。

(もしかして、虎太朗って……)

雛は頬《ほお》をゆるめて、小さくピースを返した。

（私のヒーローかもね）

そう思うくらいに、本当にかっこよくて――。

胸がキュンッと鳴った。

興奮したように騒《さわ》いでいたアリサが、「ん？」とふりむく。

ピースしているのを見られ、雛はあわててその手をうしろに隠《かく》した。

「こ、これは……なんでもないからっ！」

雛が言い訳するように言うと、アリサがニマーッと笑う。

「素直《すなお》じゃないんだから」

「それは、アリサにだけは、言われたくない！」

すました顔で言ってくるアリサに、赤くなりながら思わず言い返した。

つい、ムキになったせいで、『高見沢さん』が『アリサ』になる。

雛は「もーっ！」と、頬をふくらませた。

その隣で、「そーそー」とうなずいたのは健だ。

「俺にも、もうちょっと素直になってほしいんだけど？」

健は大きくため息をつくと、様子をうかがうようにアリサをチラッと見る。

「……なってるじゃない」

アリサはそっぽをむくと、腕《うで》を組みながら校舎のほうへと歩きだした。

健は「え？」というような顔をしてから、パッと幸大のほうを見た。

「幸大……今の、どういう意味⁉」

動揺《どうよう》したように健がきくと、幸大はカメラを操作しながら「さぁ？」と首をひねっていた。

「僕にきかないでくれる？　っていうか、本人にきけば？」

「だ、だよな⁉」

健は真剣《しんけん》な顔になり、「アリサちゃーん！」と、彼女の後を一目散に追いかけていく。

幸大はそんな二人の背中にカメラをむけていた。

サッカー部や陸上部の夏の大会がようやく終わったのは、八月も半分がすぎたころだ。

その日はグラウンドが整備中だったこともあり、サッカー部も陸上部も練習が休みになっていたのだが、雛と虎太朗は朝から学校にきていた。

大会中はなにかといそがしく、園芸部の作業をほとんど手伝えていなかったからだ。

昼休みや空いた時間には、草抜《ぬ》きや水やり程度は手伝っていたものの、それ以外のことは三年の先輩《せんぱい》たちに任せっきりになってしまっていた。

先輩たちは、『運動部のほうが大変なんだから』と理解してくれているが、先輩たちも受験を控《ひか》えている。夏期講習や模試などもあるから、いそがしい身だ。

それなのに、作業をほとんど引き受けてくれていたのだから、虎太朗と雛としては申し訳ない限りだった。

だから、大会が終わってからは、できるだけ園芸部のほうに顔をだすようにしていた。

それに、そろそろ来年からのことも考えなければならない。

秋がすぎれば、先輩たちも引退するだろう。

その後は、園芸部を二人でやっていくことになる。

体操服に着がえた雛と虎太朗は、中庭の一角にある花壇《かだん》にしゃがみ、腹立たしいほど元気《げんき》一《いっ》杯《ぱい》に伸《の》びている草を引っこ抜く。

昼休みをはさんで、そろそろ午後一時だ。日差しのキッさがいっそう増したように思えた。動かしているのは手だけなのに、汗が流れ落ちてくる。

「あー……ちっ――――……」

作業をしていた雛の隣で、虎太朗が手を休め、ぐったりしたように声をもらした。

暑くてかっこうも気にしていられないらしく、麦わら帽子《ぼうし》をかぶり、タオルを首に巻いている。

「なー、雛。ちょっと休憩《きゅうけい》しよーぜ」

「もー、サッカー部レギュラーでしょ。もうちょっと、がんばんなさいよ」

十分おきに同じ会話をくり返している気がした。

「これ、サッカー部の練習よりキツいって」

そう言うと、虎太朗は光を跳ね返しているペットボトルに手を伸ばす。

日陰《ひかげ》においていたはずなのに、いつの間にか炎天下《えんてんか》にさらされてしまっている。

虎太朗はキャップをひねって口に運び、ゴクゴクとのどに流しこんだものの、温《ぬる》かったのか顔をしかめた。

中腰《ちゅうごし》がつらくなったらしく、ペタンとその場に座りこんでいる。

「仕方ないなぁ……」

そう言いながらも、雛自身ののどがカラカラだった。

汚《よご》れた軍手をはずすと、水筒《すいとう》に手を伸ばす。

強く照りつける太陽の光を、そばのイチョウの葉が心なしかさえぎってくれる。

半分ほど草抜きを終えた地面の上で木漏《こも》れ日が揺《ゆ》れるのをぼんやり見つめながら水筒を口に運ぼうとすると、笑い声が聞こえてきた。

渡《わた》り廊下《ろうか》を、ジャージ姿の女子たちが歩いていく。一年生だ。

桜丘高校は、それぞれの学年でジャージの色が違《ちが》うからすぐにわかる。

むかっているのは体育館のほうだから、運動部なのだろうか。

そういえば、去年の今ごろは、自分もあの渡り廊下を用事もないのにウロウロしていた。

いや、用事はあった。

この中庭で、今の自分たちのように作業をしていた恋雪に少しでも会いたかったからだ――。


「……まーた、考えてんだろ？」

そんな声が隣《となり》から聞こえてきて、雛はドキッとする。

ふりむくと、虎太朗がジッとこちらを見ていた。

「な、なにを……？」

「一人しかいねぇだろ？　雛がボヤーッと考えてんのって」

虎太朗はツイッと視線をそらすと、わずかに残っていたペットボトルの水を飲みほす。

「ボヤーッとってなによ？　そんなにいつも、恋雪先輩のこと考えてるわけじゃないし！」

赤くなりながら言いはると、虎太朗が「ほらな」というような顔をした。

「やっぱ、綾瀬《あやせ》のこと考えてたんだろ？　顔にでてんだ」

「虎太朗だって、ラーメン食べたい時には、ラーメン食べたいって顔にもでてるし、声にもでてる‼」

「はぁ？　俺とラーメンは、関係ねぇだろ。だいたい、ラーメン好きなの優だし」

「虎太朗だって、ラーメン好きなくせに。知ってるんだからねー。お小遣《こづか》いの半分は、柴崎君や山本君と一緒《いっしょ》にかよってるラーメン屋さんのラーメン代に消えてるって。なっちゃんがそう言ってたもん！」

「そーゆー雛だって、クレープばっか食ってるだろ！」

「たまにですーっ‼」

いつものように言い合いをしていたけれど、さすがに暑さのせいでそれ以上続ける気にはなれなかった。

おたがいに疲《つか》れたように、ハァとため息をこぼす。

蟬《せみ》の声が、あたりに響《ひび》いていた。

「……けど、やっぱ、すげぇよな」

虎太朗がペットボトルを手に、ポツリともらす。

「うん……恋雪先輩、一人でずっとやってたんだもんね」

夏も冬も、天気が悪い日でも、欠かさずに花壇の様子を見にきては、手入れをしていた。

「俺たちもがんばらないとな。綾瀬に負けてらんねぇし」

「綾瀬、先輩でしょ？」

横目でチラッと見れば、虎太朗は「言いたくねぇ」とばかりに顔をしかめている。

（ほーんと、どうしてこう、負けずぎらいなんだろう……）

雛はこぼれた笑《え》みを隠《かく》すように、空に目をやる。

真っ白な入道雲が青空をさえぎっていた。

hero 3 ～ヒーロー3～

——胸がキュンと鳴いた

ハッ
……
さっ
にま～

★☆+hero 3 〜ヒーロー3〜☆★✧

十月も終わりに近くなった日の、晴れた土曜の午後。

虎太朗は体操服に着がえて中庭にいた。

いつものように花壇《かだん》の草抜《ぬ》きをして、ゴミを捨てるために、校舎裏のゴミ捨て場にむかう。

今は使われていない焼却炉《しょうきゃくろ》のわきに、可燃ゴミと不燃ゴミの大きなボックスがおかれている。

そのなかに草がパンパンにつまったゴミ袋《ぶくろ》を放《ほう》りこみ、引き返そうとした時だ。

ふと見ると、ボックスの陰《かげ》に誰《だれ》かがしゃがんでいた。

気になってひょいとのぞいてみれば、そこにいたのは高見沢アリサだ。

彼女はビクッとして、「え、榎本⁉」と、うろたえたような声をあげる。


「なにやってんだ、こんなところで」

虎太朗がきくと、アリサは「う〜〜っ」と顔をしかめていた。

「べつに……なにもしてないけど？」

スックと立ちあがった彼女は、スカートを軽く払《はら》ってからすました表情に戻《もど》る。

けれど、その視線は誰かをさがすように、落ち着きなく周囲にむけられていた。

「ふーん。まあいいけど……」

虎太朗は「じゃあな」と手をふり、その場をはなれようとした。

「待って、榎本！」

グイッと体操服を引っぱられ、軽くよろめく。

「なんだよ⁉」

「今日って、サッカー部の練習じゃないの？」

「今日は野球部が練習試合で、グラウンド使ってんだ」

「……じゃあ、雛も、園芸部にでてるんだ」

アリサが引っこめた手をうしろにまわしてきいた。

「文化祭の準備手伝ってんじゃねーの？　他《ほか》の女子と、買いだしにいくって言ってたし」

「榎本はいいの？」

「俺は買いだし係じゃねぇよ。そういや……高見沢って、文化祭実行委員になってんだよな?」

中学のころから、アリサがクラスの行事に積極的に参加しているところは見たことがない。それなのに、今年はどういう心境の変化なのか、自分から文化祭実行委員を引き受けたようだ。

「……そのことは、思い出させないでほしい」

アリサはなにかあったのか、苦々しげな顔になって目線をそらす。

「シバケンにまた、追っかけられてんのか?」

虎太朗は笑ってきいた。

虎太朗のクラスの文化祭実行委員は健だ。

それまで文化祭なんてなんの興味もなさそうな顔をしていたくせに、アリサが隣《となり》のクラスの文化祭実行委員になったと聞いた途端《とたん》、意気揚々《いきようよう》と立候補していた。

今日もこれから話し合いがおこなわれることになっていたはずだ。校内放送で流れていた。

「私のことはいいのよ。それより、榎本でしょ! 文化祭どうするか、考えてるの!?」

「……俺? どうって……後輩《こうはい》のところ適当にまわったり、模擬《もぎ》店でなんか食ったりするんじゃねーか？」

　つめよってくるアリサにたじろぎながら、答える。

　アリサはガクッとして、あきれたような目でにらんできた。

「榎本……文化祭がなんのためにあるか、わかってる⁉」

「なにって、楽しむためじゃねぇの？」

「チャンスでしょ！　ここで、グーッと雛との距離《きょり》をちぢめなくてどうするの！」

「はぁ⁉」

　虎太朗は、「なに言ってんだ⁉」と顔を赤くした。

「みんな、そのつもりでいるわよ。のんきにブラブラすっかなーとか考えてるのは、榎本くらいよ？」

　アリサはそう言って冷めた目をむける。

「た……高見沢も、そうなのか？」

「私は実行委員の仕事があるから、そんなヒマはない‼」

　力強く答えるアリサの眉間《みけん》には、目一杯《めいっぱい》しわがよっていた。

「俺だって、そんなヒマねぇよ。だいたい、雛だって小金井《こがねい》とかとまわるだろ。去年だってそうだったし」

（だいたい、距離ちぢめるたって………）

「小金井さんはうちのクラスのイベントの手伝いでいそがしいと思うけど？」

「だったら、他の女子といくだろ。俺が誘《さそ》っても……」

虎太朗は言葉をにごした。

「誘えばいいじゃない。というか、誘いなさい！」

ズイッと顔をよせられて、虎太朗は一歩うしろに引く。

「な……なんで、高見沢がそんな必死になってんだ？」

「見ていて、もどかしいからよ!!」

そう言うと、アリサは前のめりになっていた体を戻して、フッとため息をついた。

「ゆっきーのこと……まだ、気にしてる？」

気づかうように、彼女は少し声を落とす。

「そんなんじゃねぇよ」

虎太朗はそう答えながら、視線をさげた。

それから、「そうだ」と思い出してアリサを見る。

「高見沢って、誰か部活はいってねー後輩の知り合いとかいる？」

「そんなのいるわけないじゃない」

アリサは部活にはいっていないため、後輩とはほとんど関《かか》わりがないだろう。

もともと、人付き合いを積極的にするタイプでもないのだ。

「だよなー……やっぱ、他、さがすしかねぇよな……」

「……園芸部のこと？　まだ、新入部員はいらないんだ」

「声かけてんだけどな……」

そう言って、虎太朗は苦笑《くしょう》した。

雛と一緒《いっしょ》に勧誘《かんゆう》のポスターをはったりもしてみたが、反応はさっぱりない。

「秋には焼き芋《いも》食べ放題！　とか言ったら、誰かはいってくれねーかな？」

「芋でつるのは、どうかと思うわ」

「だよなぁ……」

「いいじゃない……べつに。榎本がそんなにがんばらなくても。雛のためにはいったわけだし。今はゆっきーだって、卒業しちゃっていないんだから……」

「……今は、自分のためにやってんだ。いい加減なことしたくねぇし。ちゃんとさ……バトン、次に渡《わた》しておきたいんだよ」

いつの間にか、自分にとっても園芸部は大切な居場所になっている。

手をかけてきたものだから愛着がわいているし、次にも大切に引き継《つ》いでいきたい。

それは、恋雪も同じ気持ちだっただろう。

「綾瀬のことは気にくわねぇけど……園芸部の先輩《せんぱい》としてはすげーって思うし」

校舎のほうを見つめながら言うと、隣に立ったアリサが沈黙《ちんもく》する。

「……榎本って、真面目《まじめ》だよね」

「普通《ふつう》だろ」

「どっかの誰《だれ》かさんに、見習わせたいわよ」

アリサは顔をしかめてもらす。

「いいのか？　その、どっかの誰かさんが、さがしてるみてーだけど」

アリサが「え⁉」と顔を強《こわ》ばらせて、あたりをキョロキョロと見まわす。

それから、あわてたようにボックスのうしろにまわってしゃがみ、身を隠《かく》していた。

「アリサーちゃーん。おーい……って、あれ？　声、しなかった？」

ズボンのポケットに手をつっこみながら、健が校舎のほうから歩いてくる。

「虎太朗、アリサちゃん、見なかった？」

そばにやってきた健が、虎太朗の顔を見てきく。

「さぁ……？」

虎太朗はさりげなく視線をそらした。

健が「ふーん……」と、ゴミのボックスのほうに目をやる。

「文化祭実行委員の話し合い、一緒にいこーと思ってたんだけど」

「シバケン、お前……高見沢のこと、そんなに好きなのか？」

虎太朗がさりげなくたずねると、健が「ん？」と視線を戻《もど》す。

「好きだよ？」

あまりにもあっさりとした口調で言うものだから、からかうつもりだった虎太朗のほうが

「うぐっ」と言葉につまった。

「じゃ、アリサちゃん見かけたら、先にいってるからって言っておいて」

健はニコーッと笑うと、ポケットからだした片手を軽くふって校舎のほうへと引き返した。

「……だってよ、高見沢」

虎太朗はひとり言のように言ってから、ボックスのうしろをチラッとのぞく。

アリサは真っ赤になりながら、膝《ひざ》をギュッと抱《だ》きかかえて座っていた。

翌日の日曜日、虎太朗が目を覚ましたのは正午前だった。

珍《めずら》しく、休日なのに家のなかが静かなのは、両親がでかけているからだろう。

夏樹もいないようだった。

(隣《となり》んちにいってんのかな……)

今日一日、予定もない。部活が休みだと、途端《とたん》に暇《ひま》を持てあましてしまう。

学校に水やりにでかけようかとも思ったが、昨夜はかなり雨がふっていたのでそれも必要ないだろう。それに、今日は来年の受験生を対象にした学校説明会がおこなわれているはずだ。

「走ってくるかな……」

それ以外思いつかなくて、虎太朗はポリポリと肩《かた》をかきながらリビングにむかった。

食パンと牛乳だけの食事をすませ、ランニングウェアに着がえると、スニーカーをはいて家をでる。

差しこんできた日の光が目にしみこむようで、わずかに顔をしかめる。

昨日の雨はすっかりあがっていたが、道路にはまだ水たまりが残っていた。

隣の家のほうを見れば、玄関《げんかん》前に車が停《と》まっている。

ホースとスポンジを手に、丁寧《ていねい》に洗車をしているのは優だ。

虎太朗に気づくと、「なにやってんだー？」と笑顔《えがお》で声をかけてきた。

優が免許《めんきょ》をとったのは、この夏のことだ。

大学は九月まで休みになるから、そのあいだに教習所に通っていたらしい。

洗っているのは両親の車だが、今は優も使わせてもらっているのだろう。

「今日、夏樹は？　優と一緒じゃねぇの？」

「夏樹ならバイト」

優はスポンジをギュッとしぼり、バケツに放《ほう》りこむ。

洗い終わったばかりの車体が、光を跳《は》ね返していた。

「ふーん、で、ヒマして車洗ってんのか」

虎太朗がからかうように言うと、優がバケツを持ちあげながらふりむく。

「どこかいくか？　ヒマ人同士で」

「……雛は？」

「友達んとこ。残念だったな」

優は笑って、「これ、片付けてくるから」とバケツを手に家のなかへとはいっていった。

優が家からでてくるのを待ってから、虎太朗は車の助手席に乗りこむ。

運転席のほうにまわった優がシートに座り、パタンとドアを閉めた。

「どこいきたい？」

シートベルトをしめながら、虎太朗にきく。

「俺、こんなかっこうなんだけど……」

近所を走るだけのつもりだったから、ランニングウェアのままだ。

「それじゃ、適当に走らせるか」

優はニコッと笑うと、アクセルを軽く踏《ふ》んで車を発進させた。


かかっていた曲をぼんやりと聞き流していた虎太朗は、ふと気になってたずねる。

「……優は去年の文化祭って、誰とまわってたんだ？」

車は住宅街を抜《ぬ》け、駅前の繁華街《はんかがい》にむかうところだった。

「文化祭？」

優は信号でとまると、ハンドルに肘《ひじ》をかけながら、「んー」と考えこむ。

「そんなヒマなかったと思うけど。ひたすらラーメンつくってたから」

「それは知ってんだ。それ以外で」

「あいてる時間は、部室にいたな。卒業制作の映画、まだ編集中だったし」

信号が変わると、車が発進する。

休日ということもあり、街中は人も車も多い。

そのなかを、優はとくにあせることもなく車をゆっくりと走らせている。

「……そういや、もうすぐ文化祭の時期か」

「夏樹とは……一緒《いっしょ》にまわったりしなかったのかよ」

虎太朗は、懐《なつ》かしむような表情を浮《う》かべている優の横顔にチラッと視線をむけた。

「夏樹は早坂《はやさか》や合田《あいだ》と一緒にまわってたんじゃないかー？」

（じゃあ、べつに誘《さそ》ったりとかしてなかったのか……）

「どーしたんだ？」

黙《だま》っていると、優が前をむいたままきいてくる。

「夏樹のこと、誘ったりしたのかと思って……」

「誘わなくたって、連れまわされるからなー」

優は楽しそうに笑みをこぼして答える。

ホットケーキ

(だろうな……)

姉の性格なら、優の次くらいにはわかっている。

「誰《だれ》か、誘おうとか思ってるのか?」

そうきかれて、少しばかりドキッとした。

けれど、優相手にごまかす必要も、とりつくろう必要もないだろう。

虎太朗はため息をつき、「そういうわけじゃねぇけど」と口を開いた。

「幼なじみって、思ったよりいいことねぇなって……思って。子どものころから知ってんのに……今さら、かっこもつけらんねーし……優は最初から、かっこいーとこしかねぇけど」

「……そんなことないって」

「かっこいいだろ。サッカーだって、うまかったし……」

「続けてる虎太朗のほうが、ずっとうまいよ」

「それに、勉強だってできるし……」

優は中学の時も、高校の時も女子たちの憧《あこが》れだった。

大学にはいってもそれは変わらないらしく、夏樹が毎日のように『また、優がモテてた！』と家でぼやいている。

学校が別々だから、以前にも増して気が気ではないらしい。

「優は……夏樹のダメなところ、いっぱい知ってるだろ？」

「んー……まあ、な」

優はホルダーのペットボトルに手を伸《の》ばす。

「それで、どうやって好きになれたんだ？」

真顔できくと、優が一口飲んだ水を吹《ふ》きだしそうになっていた。

ゲホッとむせて、口もとをあわてて手でぬぐっている。

優が夏樹のことを、子どものころから大切に思っていたのは知っている。

けれど、それは最初から恋愛《れんあい》感情だったわけではないはずだ。

最初は幼なじみとして、だったはずだ。

優はペットボトルをホルダーに戻《もど》すと、フーッと一呼吸おく。

「……そういうのって、どこがダメとか、どこがいいとか、そういうことで決まるものじゃないと思うけど。どこがダメでも、大切だって気持ちには変わりないだろ？　俺は……夏樹以外に考えられなかったし、他《ほか》の誰かじゃダメだって思ったし……ダメなところがあったって、夏樹が一番だってことだ」

言ってから照れくさくなったのか、「なんで、こんなこと言わされてんだ？」と、赤くなった顔に手をやっていた。

（俺も……雛以外に考えられないもんな……）

相手にされていなくても、雛に好きな相手ができた時も、それは変わらなかった。

ダメだから、見込みがないから、べつの誰かをさがそうなんて考えたこともなかった。

虎太朗は窓の縁《へり》に肘をつき、頬杖《ほおづえ》をつく。

窓の外を見つめていると、優が頭にポンと手をのせてくる。

「がんばれよ。応援《おうえん》、してんだから」

そう言って、優は笑っていた。

夜、風呂《ふろ》からあがった虎太朗は、髪をタオルで拭《ふ》きながらリビングにむかう。

ドアを開くと、部屋のなかは暗かった。

(まだ、誰も帰ってねーのか)

そう思いながらパチンと電気のスイッチを点《つ》けると、ソファーには夏樹がポツンと座っていた。

「おかえり……」

「うっおおおおっ!!」

ひどく沈《しず》んだ声で言われ、虎太朗は仰天《ぎょうてん》してよろめくようにうしろにさがった。

「な……なに……やってんだ?」

びっくりしたせいで、心臓がドキドキしている。

ゆっくりとふりかえった夏樹が手にしているのは、お土産《みやげ》の箱だ。

包装紙には、『特選豚《ぶた》まん!』と書かれている。

「これ……なに？　なんで、豚まんと、シュウマイと、ラーメンがこんなところに⁉」

恨《うら》めしげな目をしながら、夏樹はテーブルに積みあげられているお土産の箱を指さした。

虎太朗は壁《かべ》にはりつきながら、ゴクンッとのどを鳴らす。


「な、なんでって……優と、いったから？」

スックと立ちあがった夏樹に、虎太朗はビクッとした。

夏樹は特選豚まんの箱を手に、一直線にやってくる。


「私がいないあいだに……優とドォ〜〜ラァイブにいってたの⁉」

「えっ……い、いや、ドライブっつー……か……」

「二人で……ラーメンとか食べて、豚まんとか、シュウマイとか、餃子《ぎょうざ》とか、タピオカミルクティーとか、いっぱい食べたり、飲んだりして満喫《まんきつ》してたの—⁉　私が……バイト先でお客さんに怒《おこ》られてたあいだ、二人で楽しんでたの—⁉」

「わ、悪かったって。だから、こうしてお土産、買ってきただろ！」

虎太朗は視線をそらしつつ、「優が……だけど……」と声を小さくする。

「ちょっと、隣《となり》ん家にいってくるっ!!」

夏樹は特選豚まんの箱を抱《かか》えたまま、リビングを勢いよく飛びだしていった。

バンッと八つ当たり気味に閉まったドアの音に、思わず首をすくめる。

(優……だ、大丈夫《だいじょうぶ》か……?)

「ま、まぁ……いいか……」

優のことだ。なんとかなだめるだろう。いつものことだ。

虎太朗は頭の後ろに手をやり、キッチンの冷蔵庫にむかう。

『ダメなところがあったって、夏樹が一番だってことだ』

車のなかでそう言っていた優を思い出し、つい笑いそうになった。

(やっぱ、優ってすげーよ……)

文化祭、
全員参加!!
文化祭
出し物
・喫茶店
たこ焼き
らーめん
・演劇
ミュージカル？
童話いろいろ
ダンス
・おばけやしき
文化祭、一緒に回ろう？
休憩中どうせ一人だろ

hero 4 ～ヒーロー4～

彼氏面するの
やめてよ
ふんっ
置いていくよ！
一緒に行くんでしょ？
スペシャルLIVE
LIP×LIP
13:00～開演!!
体育館へGO

hero 4 ～ヒーロー4～

十一月最初の土曜日、授業が早めに終わると、その日はどこのクラスも文化祭の準備でいそがしそうだった。廊下《ろうか》で大道具を組み立てたり、校舎の外で看板の製作をしたりしている。

誰《だれ》かがふざけてふくらませた風船が、天井《てんじょう》のあたりにプカプカと浮《う》いていた。

制服のうえにエプロンを身につけた雛は、ペンキの缶《かん》をいくつか抱えながら階段をおりる。

一階までくると、昇降口《しょうこう》にならんだゲタ箱が見えてきた。

あれっと足をとめたのは、雛たちのクラスのゲタ箱の前に女子がいることに気づいたからだ。

（あの子……たしか、サッカー部の……）

フワフワした栗色《くりいろ》の髪《かみ》を、ゆるく結んでいる。

色白で小柄《こがら》で、顔立ちはかなりかわいい。

サッカー部と陸上部は同じグラウンドで練習している。だから、今年サッカー部のマネージャーとしてはいった彼女のことも、見かけたことがあった。

彼女はソワソワした様子で周囲を見まわしている。

(なにか、なくしたのかな……？)

「……どうかした？」

雛が歩みよって声をかけると、一年の女子の肩《かた》がおどろいたように跳《は》ねた。

あわてて手をうしろに隠《かく》した彼女の頬《ほお》が、じんわりと赤くなっている。

(あっ、そっか、手紙……)

どうやら、声をかけるタイミングが悪かったらしい。

急いで立ち去ろうとすると、「あの！」と呼びとめられた。

「瀬戸口、先輩《せんぱい》……ですよね!?」

クッと顔をあげてきいてくる彼女に、「そ、そうだよ」と答える。

「榎本……先輩の幼なじみ、なんですよね？」

「え？　虎太朗？」

そういえば、彼女が立っているのは虎太朗のゲタ箱の前だ。

さぐるような目でジッと見つめられて、少しばかりたじろぎながら笑《え》みをつくった。

「うん……幼なじみ、かな」

「先輩は、榎本先輩と付き合ってるんですか？」

「えっ⁉　虎太朗と⁉　そんなわけないよ！」

雛はびっくりして手をふりながら否定する。

彼女はホッとしたように、「そうなんだ……」とつぶやいていた。

「よく……誤解、されるんだけどね」

「榎本先輩のこと、好き、とかじゃないんですよね？」

「……え？」

「付き合いたいとか……思わないんですよね？」

彼女は上目づかいに見ながら、たしかめるようにきいてくる。

「そんなこと……思わないってば！　虎太朗はただの幼なじみ！　本当に……それだけだから。付き合うとか、そんなこと考えたこともないし！」

あせったせいでつい早口になる。

笑ってごまかそうと思うのに、うまくいかず、ぎこちなくなった。

（あれ……なんで？）

「こんなとこでなにしてんだ、岡崎《おかざき》」

すぐうしろで聞こえた虎太朗の声に、雛はハッとする。

一年の女子も同じだったらしく、「榎本先輩っ！」とうろたえたように虎太朗のことを呼んでいた。

「俺になんか用？」

虎太朗がきくと、彼女は「なんでもないです！」と首をふる。

「……そういえば、部長が放課後、ミーティングするから、一年にも伝えておけってさ」

「はい！　失礼しました!!」

岡崎と呼ばれた後輩《こうはい》は、ペコンと頭をさげてから正面玄関《げんかん》を急ぎ足で出ていった。

開いたガラス戸がゆっくりと戻《もど》ってきて、落ち葉と一緒《いっしょ》に肌寒《はだざむ》い風が下足場に舞《ま》いこむ。

ガラス戸が閉まると、虎太朗とのあいだになぜだか気まずい沈黙《ちんもく》が広がった。

きかれて悪いような話なんて、していないはずなのに――。

「か……かわいい子だね」

雛は落ち着かなくて、視線をそらしたまま口を開く。

「……そうか？」

虎太朗から返ってきたのは、あまり興味がなさそうな声だった。

その顔をそっと見れば、虎太朗はガラス戸の外に目をやっていた。

先ほどの女子が、外の階段をおりて駆《か》けていくのが見える。

「かわいいよ……」

雛は声を小さくして、視線を足もとにむける。

たいていの男子なら、あんなかわいい後輩の子に手紙をもらったら、うれしいと思うはずだ。

「よくわかんねーよ。シバケンじゃねぇし」

あっさり答えると、虎太朗はズボンのポケットに押しこんでいた手をだして、雛が抱《かか》えているペンキの缶を半分、持ってくれる。

「これ、体育館裏に運ぶんだよな？」

「あっ、うん……ありがと……」

雛は小さな声で答え、虎太朗とならんで歩きだす。

渡《わた》り廊下にでると、赤く色づいた桜の葉が落ちて風に舞っていた。

そっとうかがうように虎太朗を見ると、前をむいたまま黙《だま》って歩き続けている。

（虎太朗って……告白とか……されたら、どうするんだろう……）

そんなこと、今まで気にしたことがなかったのに。

なんだか、このところ胸のなかがモヤモヤしてばかりだ——。

週があけた月曜日の放課後、雛はひよりといっしょにファーストフード店にいた。

窓際《まどぎわ》の席にむかいあって座り、「いただきます！」と、ハンバーガーをほおばる。

ひよりは、この店に入るのは初めてらしく、「うーん、おいし〜っ！」と笑顔になっていた。

（ひよりちゃん、ほんと、おいしそうに食べるなぁ）

部活の後でお腹《なか》も空いているから、よけいにおいしいのだろう。

つられて、見ている雛まで頬がゆるみそうになる。

「ひよりちゃんのクラスって、文化祭の出し物、なにするの？」

ハンバーガーを一口食べてから、「そういえば」と思い出してたずねた。

「うちのクラスは、お化け屋敷《やしき》です！」

ニコーッと笑って、ひよりが元気よく答える。その口のはしには、ソースがついていた。

「去年、虎太朗のクラスもお化け屋敷だったなぁ……私も虎太朗と一緒に、セットの陰《かげ》に隠れたりして」

なんだか懐《なつ》かしくて、雛は目を細めた。

「へぇ……同じクラスだったんですね！」

「あっ……そうじゃないんだけどね。ちょっと、事情があって……」

留学のことが原因でギクシャクした関係になっていた幼なじみの芹沢春輝《せりざわはるき》と親友の合田美桜《あいだみおう》

の仲を、なんとかしたい。そう、夏樹に頼《たの》まれたのだ。

「瀬戸口先輩《せんぱい》って、榎本先輩と幼なじみ……なんですよね？」

「うん、一応ね。家も隣同士《となりどうし》だし……」

「そうだったんですか⁉」

ひよりは目を丸くしてから、「いいなぁ」とつぶやく。

雛は、「そんなことないよ」と、苦笑いを浮《う》かべた。

「いっつも虎太朗の大声がうちにまで聞こえてくるし。毎朝、顔をあわせたくなくても、あわせちゃうし。いいことなんて一つもないんだから」

「そうかなー？　うちは羨《うらや》ましいと思うけど……ずっと一緒にいられる幼なじみがいるって」

ひよりは人差し指をあごに当てながら、うっとりしたような顔になっている。

「たまたま、高校まで同じだっただけだから。それに、この先はわからないし……」

虎太朗が高校卒業後、どうするのかは聞いていない。それに、雛自身、卒業後の進路についてはっきりと決めているわけではない。

雛は気づけば、手もとに視線を落として口をつぐんでいた。

「瀬戸口……先輩？」

少しのあいだ黙ったままでいると、ひよりが心配したように声をかけてきた。


「私……虎太朗がいないと、生きていけないかも……」

不意にそんな台詞《せりふ》を耳もとでささやかれ、雛はびっくりして横を見る。

トレイを手に、前屈《まえかが》みになって顔をよせていたのはアリサだった。

その口もとには、ニヤーッと笑《え》みが浮かんでいる。

ひよりはアリサと会うのは初めてなのか、キョトンとした顔で彼女を見ていた。


「アリサ！　勝手にへんなこと言わないでよ！」

雛は一気に赤くなり、動揺《どうよう》したように思わず声を大きくした。

「考えていることが顔にでてたから、言っただけよ」

アリサはひよりの隣にストンと座り、トレイをテーブルにおく。

一人分にしては多すぎる山盛りのフライドポテトを、ひよりが目を丸くして見つめていた。

「……食べる？」

アリサがたずねると、ひよりは瞳《ひとみ》を輝《かがや》かせてコクコクとうなずく。

「いただきますっ！」

「……ちょっと、からくない？」

「うち、これくらい塩がきいてるほうが好きです！」

ひよりとアリサはそんな会話をしながら、フライドポテトをつまんでいる。

（いつも急にあらわれるんだから……）

それに、アリサがフライドポテト好きだとは聞いたことがない。

（柴崎君とまたなにかあったのかな……？）

雛は紅茶のカップを両手で持ち、フーフーと息を吹《ふ》きかけて冷ます。

「……大丈夫《だいじょうぶ》なの？」

不意にきかれ、「え？」と視線をあげた。

アリサはフライドポテトにたっぷりとケチャップをつけて、口に運んでいる。

「……榎本、また呼びだされてたけど？」

「先生に？」

「後輩《こうはい》の女子!!　小学生じゃないんだから」

アリサがあきれたような顔になる。

「……それは……私には関係ないし……」

雛は口ごもりながら、紅茶をすすった。熱くて、少しずつしか飲めない。

「最近、よく、手紙とかもらってるみたいだけど？」

「榎本先輩、かっこいいですもんね。試合の時とか、いっぱいゴール決めてるし」

ひよりがニコニコしながら言う。それから、すぐにハッとした顔になっていた。

「あっ、でも、それって……心配かも……！」

「みんな、虎太朗のことよく知らないから騒《さわ》いでるだけだってば。かっこよく見えるのなんて

……試合の時だけなんだから。試合の時だけ!!」

「そんなこと言ってると知らないわよー」

アリサは頰杖《ほおづえ》をつきながら、雛をジーッと見つめてきた。

「な……なにが？」

「幼なじみだからって、安心してたでしょう？　榎本が自分からはなれていくことなんてないって、そう思ってるんじゃない？」

「私は虎太朗のことなんて……」

雛は言葉につまり、視線をわずかに下げる。

「そんなことばっかり言ってると、本当に大切なものをなくすんだから」

真顔になって見つめてくるアリサの言葉に、胸をつかれてハッとする。

「……………わかってるよ……」

雛はうつむくと、小さな声で答えた。


いままで、一緒《いっしょ》にいたのは――。


(虎太朗が一緒にいてくれようとしたから……なんだよね)

高校を選んだ時も、そうだった。

園芸部に入った時も、虎太朗はそばにいてくれようとした。

迷っていた気持ちを後押ししてくれたのも、虎太朗だ。

桜丘高校の文化祭の当日、体育館で開会式がおこなわれると、生徒たちはそれぞれ目当てのクラスや模擬《もぎ》店にむかって移動していた。

今年の文化祭は、生徒会と文化祭実行委員会がかなり力をいれているようで、文化祭テーマにそって、クラスごとに仮装をすることになっていた。

審査《しんさ》や投票がおこなわれ、一番人気のあったクラスには景品がでるため、どこのクラスも気合いがはいっている。

今年の文化祭のテーマは、『おとぎの国（wonderland）』だから、みんな思い思いの童話の登場人物に扮《ふん》していた。一目でわかる仮装もあれば、奇天烈《きてれつ》すぎてなにに扮しているのかさっぱりわからないかっこうの人もいる。

雛たちのクラスでは、童話の登場人物が出てくる劇をすることになっている。

その劇に出ることになっている雛も、ピーターパンの物語に出てくるティンカーベルという妖精《ようせい》の衣装だ。

衣装担当になった手芸部の女子たちが細部にまでこだわってつくってくれたおかげで、かなり手がこんでいる。

スパンコールがちりばめられ、薄《うす》い生地《きじ》を重ねたスカートはふんわりしていた。

背中からピョンッと出ているのは、四枚の羽だ。

丸めたポスターの束を抱《かか》えながら、雛は生徒たちがいきかう廊下《ろうか》をキョロキョロと見まわしていた。

壁《かべ》はどこもかしこも、模擬店やクラスイベントのポスターがはりつけられている。

ようやくあいているスペースを見つけたものの、かなり上のほうだった。

「届く……かな？」

雛はポスターを広げて、つま先立ちになる。

「んん――――っ！」

精一杯《せいいっぱい》手を伸《の》ばしてみたが、ポスターが斜《なな》めに傾《かたむ》いてしまってうまくいかない。

それに、もう少し上のほうにはらなければ、他《ほか》のポスターと重なってしまう。

「もーっ、アリサってば……」

本当なら、これはアリサの仕事なのだ。

文化祭実行委員になっている彼女は、朝から大いそがしのようだった。

そのアリサに、さきほど「これ、はっておいて！」と、ポスターの束を押しつけられた。

どうやら、午後から体育館でおこなわれるライブの告知らしい。

急に決まったようで、ポスターをはるなり女子たちが集まってきて大騒《おおさわ》ぎしていた。

校内放送が流れた直後などは、何事かと思うくらいに大きな歓声《かんせい》があがっていた。

それも仕方ないことだろう。ＬＩＰ×ＬＩＰの緊急《きんきゅう》ライブだ。

その情報が流れるなり、他の学校の生徒まで、この桜丘高校に押しよせているくらいだから、生徒会や文化祭実行委員会の人たちはその対応に追われてバタバタしている。

アリサもどうやらライブの手伝いにいっていて、休む暇《ひま》もないようだった。

『もっていかれないように、できるだけ、高いとこにお願い！　できるだけ、高いところだからね！』

と、アリサには言われているが、雛の身長ではそれも難しい。

(だったら、最初からもっと背の高い人に頼《たの》めばいいのに……柴崎君とか……)

「もうちょっと……!」

ピョンッと飛びあがってテープをはりつける。けれど、うまくいかず、ポスターがパラッと落ちてきた。

それを、パッと押さえてくれたのは男子の腕《うで》だ。

「なーにやってんだよ」

ふりかえると、虎太朗がすぐうしろに立っている。

壁と虎太朗のあいだにはさまれた雛は、あせったように前をむいた。

「なにって……見ればわかるでしょ。ポスターはり!」

「なんで、雛がやってんだ?」

「アリサに頼まれたんだってば……」

「ふーん……ほら、テープ、かせよ」

そう言われて、雛はテープを虎太朗に渡《わた》す。

虎太朗はポスターをもう少しあげると、「ここでいいのか?」ときいてきた。

「うん……」

雛がうなずくと、虎太朗はポスターをはっていく。

虎太朗もこの後、クラスの劇に出るためピーターパンの衣装だ。

テープをとめているその手に、雛はこっそり視線をむけた。

子どものころはほとんど変わらなかったのに。

身長も体格も、いつの間に、こんなに差がついてしまったのだろう——。

「あと、何枚あるんだ?」

「え!? あ、三枚くらい……」

ドキッとして、雛はあせったように答えた。

「じゃあ、さっさと終わらせようぜ」

虎太朗は雛の抱えていたポスターをかわりに持ち、階段のほうにむかって歩きだす。

「なんで、虎太朗が命令するのよ」

LIP
スペシ
13:0
体育館
演劇部
お化け屋敷
漫画研究

「雛だけじゃ無理だろ？」

ふりむいて笑う虎太朗に、雛の頰《ほお》がほんの少し赤くなる。それから、フィッと顔をそむけた。

昇降口《しょうこう》と、階段の踊《おど》り場の壁にそれぞれはると、残った一枚を自分たちの教室の前にはる。

虎太朗はポスターから手をはなし、一歩うしろにさがって傾いていないかたしかめていた。

「あとは、いいよな？」

「うん……ありがと……」

（虎太朗って、サッカー部の模擬店の手伝いとかもある……よね……）

サッカー部は模擬店でラーメンをだすという話だ。

去年、優がつくったラーメンが好評だったから、レシピを教えてもらったらしい。

「山本君や柴崎君は？」

「幸大は新聞部の取材。この文化祭のあいだに号外だすって言ってたから、あちこちまわってるんだろ。シバケンは高見沢の手伝い。あいつも一応、文化祭実行委員になってるからな」

虎太朗は「珍《めずら》しいよな」と、笑っている。

「……雛んとこの陸上部も、模擬《もぎ》店、なにかやるんだよな？」

「おにぎりをね。ツナマヨとか、天むすとか色々つくるんだって。家庭科室借りて、ご飯山ほど炊《た》いてるよ」

「それじゃ……いそがしい、よな？　手伝いあるだろ？」

「私の当番は午後からだから。今は休憩《きゅうけい》……虎太朗は？」

「俺も午後から……なんか、ライブいきたいからかわってくれって頼まれて……」

「私もだよ」

ライブの告知がでた途端《とたん》、その時間に当番だった後輩《こうはい》の子たちが駆《か》けよってきて、『お願いです、なんでもしますから！』と、必死に頼みこんできた。

雛が『べつにいいよ？』と答えると、感謝感激して、たこ焼きの無料券やら、お化け屋敷《やしき》の無料券やら、色々と押しつけていった。よほど、ライブを見にいきたかったのだろう。

「じゃあ……今、ヒマ……なのか」

「一応、ね」

「あのさ……雛」

「なに？」

「文化祭、一緒《いっしょ》にまわろう」

「えっ!?」

急に言われ、雛はおどろいたように虎太朗を見る。

「休憩中、どうせ一人だろ？」

胸がへんにドキドキしてくるのは、虎太朗の緊張《きんちょう》が伝わってきたからだろうか。

「いいけど……」

少し迷ってから、雛は小さな声で答えた。

(せっかくの……文化祭、だもんね……)

「じゃあ、どっからいく？」

虎太朗はうれしそうな顔になり、声を弾《はず》ませてきいてくる。

「体育館とかでも、色々やってるみてーだし……雛がいきたいとこあんなら、そこから……」

「ねぇ、どこからいく～？」

「えー、どこでもいいよ。君のいきたいところで！」

「あっ、占《うらな》いとかやってるとこあるみたい。私、そこいきたーい！」

仲良さそうに手をつないだ男子と女子が、虎太朗と雛の横を楽しそうに通りすぎていく。

聞こえてきた会話に、雛は「うっ……」と気まずい顔になった。

虎太朗も「そこから……」と言葉につまって、立ち去る男子と女子を目で追っている。

（これって……っ、付き合ってるみたいかも……）

雛の顔がジワーッと赤くなった。

「じゃなきゃ、クレープとか……雛、好きだろ！」

虎太朗があせったように言って、衣装のベルトのうしろに押しこんでいた文化祭のパンフレットをとりだした。

「あっ！　ねぇ、ねぇ、クレープやってるよー！」

「しょうがないなー。お前が好きなら」

先ほどとはべつの男子と女子が、廊下《ろうか》のはしでキャッキャと楽しそうに会話をしていた。

その声が耳にはいってきて、雛の肩《かた》が小さくふるえる。

虎太朗もあせったのか、広げたパンフレットを落としていた。


(やっぱり……やっぱり、これって〜〜!!)

どう考えても、付き合っている二人の会話だ。


「どう……す……………」

パンフレットを拾いあげた虎太朗が、雛をチラッと見る。

「彼氏面《づら》するのやめてよ！」

雛は思わず大きな声でいい、プウッと頬をふくらませた。

「な、なんだよ、急に!?」

びっくりしたのか、虎太朗はわずかに体を仰《の》け反らせる。

（べつに……きらいじゃないけど……）

赤くなった顔を隠《かく》すように、雛はクルッと足のむきを変えて歩きだした。

虎太朗は困惑《こんわく》した表情で、その場に立ちどまったままだ。

「おいていくよ。一緒にいくんでしょ!?」

雛が言うと、虎太朗はフッと小さく息をはいてから、そばにやってくる。

その口もとには、笑《え》みがこぼれていた。

「雛はどこいきたいんだ？」

「一年のお化け屋敷、かな。ひよりちゃんと約束したし……でも、虎太朗は苦手なら、外で待っててもいいからね〜〜」

「俺は、全然平気だ！　……雛こそ、ほんとはこわいんじゃねーの？」

「私はなっちゃんと一緒にホラーゲームとか映画とかいっぱいみてるから、平気ですーっ」

いつものように軽口を叩《たた》き合いながら、ならんで歩く。

「あいつら……つきあってんの？」

ふと、そんな噂話《うわさばなし》が耳に入ってきて、雛の顔から笑みが消えた。

「虎太朗ー、お前、瀬戸口とまわるのか〜？」

大きな声で聞いてきたのは、クラスの男子だ。

悪気はないのだろう。ただ、面白《おもしろ》がっているだけ。

それはわかっているが――。


「苦手だな……冷やかされるの……」

雛はポツリとつぶやいた。

ただ、いっしょにいるだけなのに。

（そっか……私、それがいやで……虎太朗といっしょにいなくなったんだ……）


うつむきそうになった時、不意に雛の手をとったのは虎太朗だった。

弾《はじ》かれたように、雛は顔をあげる。


「どう思われたっていーよ。俺は雛とがいいんだ」

平然とした顔で言ってから、虎太朗はニカッと笑う。

自分の手が熱を持つのを急に意識した途端《とたん》、心臓の音が速くなるのがわかった。

「も……もう……なに考えてんのよ、バカ――――ッ‼」

真っ赤になりながら、こぶしをふりあげる。

「悪かったって‼　うわっ、雛、マジで怒《おこ》んな‼」

虎太朗はあせったように、身をひるがえして逃《に》げだした。

「待ちなさいってば‼」

雛は怒った声で言いながら、その後を追うように駆《か》けだす。

「だから、悪かったって言ってるだろ‼」

そう言いながらも、ふりむいた虎太朗は楽しそうに笑っている。


「はい、そこの速度超過《ちょうか》違反《いはん》の二人、とまりなさーい。右はしによけてーっ」

廊下を歩いていた明智先生が、廊下を走る二人に気づいてメガホンを口に当てる。

『映画研究部　芹沢《せりざわ》春輝』と名前がしっかり書いてあるところをみると、どうやら春輝が残していった備品らしい。

相変わらずの白衣姿だが、一年生のクラスの仮装にあわせてか、フランケンシュタインの怪物をイメージしたメイクやシールが顔にはってある。

生徒たちに頼《たの》まれたのだろうが、案外本人も楽しんでいるようだ。

「悪いぃ、先生！」

虎太朗がそう言いながら、明智先生の前を全力で通り抜《ぬ》ける。

雛も、「すみませんっ！」と頭をさげながら、虎太朗の後に続いた。

気づけば、二人とも思いっきり笑い合っていた。

廊下のはしまでくると、生徒の姿はほとんどない。

シンとしているなかで、息を弾《はず》ませながらようやく足をとめる。

勢いあまって軽くつまずくと、虎太朗の手が腕《うで》を支えてくれた。

しばらくそのままの体勢で笑い続けていると、冷やかされた時のいやな気分もすっかりどこかに吹《ふ》き飛んでいた。

「やっぱ……雛は笑ってるほうがいい」

「……え？」

「落ちこんでるよりも、怒ってるよりも……笑顔が一番、似あうってことだよ」

虎太朗は目尻《めじり》をさげ、優《やさ》しく笑っていた。

雛はパッと赤くなった顔を隠すように横をむいた。

「そんなの……わかってる！」

思わず出たのは、そんな強がりの言葉だ。

顔が熱い——。
心臓の音が体中に響《ひび》いている。

「いこうぜ、雛」

虎太朗は雛に笑いかけると、階段をおりていく。

「うん……」

小さな声で返事をしたけれど、雛の足はその場から動かなかった。

心拍数《しんぱくすう》はあがったまま。心地《ここち》いいくらいにトントンと鳴り続けている。

（虎太朗は……変わらないよね………）

試合で負けて落ちこんでいた時も、失恋《しつれん》したあの日も、恋雪の卒業を見送った日も。

つらくてたまらなかった時、ずっと、隣《となり》にいてくれたのは虎太朗だった。

誰《だれ》になにを言われても、気にしなければいいだけのことなのに。

それができなくて。素直《すなお》になれなくて。

校内放送でかかる音楽が、にぎやかに廊下《ろうか》に響いている。

今日、ライブをおこなう、LIP×LIPの曲だった。

一年生の廊下のほうで、「キャーッ！」と騒《さわ》ぐ声が聞こえていた。

その声を聞きながら、ほんの少しだけうつむく。

本当は伝えたかった——。

「ありがとう……」

笑《え》みをこぼした唇《くちびる》で、そうつぶやく。

（意地張ってごめんね——）

意地張ってごめんね。

hero5 ～ヒーロー5～

★☆+hero5〜ヒーロー5〜☆★✧

十一月も終わりに近づいたころ、雛たち二年生は修学旅行で京都にいた。

三日間で、京都市内の観光地を巡《めぐ》る定番のコースだ。

新幹線で移動し、駅でおりると、紅葉のシーズンだけあって人でごった返していた。

そこからは、用意されていた観光バスに乗りかえての移動だった。

バスガイドの女性が、車窓から見える五重《ごじゅう》の塔《とう》の説明をしてくれているが、みんなおしゃべりに夢中で聞いていない。

渋滞《じゅうたい》に巻きこまれながらも、バスがむかったのは清水寺《きよみずでら》近くの駐車場《ちゅうしゃ》だ。

自由散策の時間になっているため、みんな石畳《いしだたみ》の坂道の途中にある土産《みやげ》店に入っていく。

（お土産、どうしようかなぁ……お父さんと、お母さんはお菓子《かし》でいいとして……お兄ちゃんと、なっちゃんと……あとは、部活の先輩《せんぱい》たちにもいるし……ひよりちゃんにも買いたいし。

他《ほか》の後輩《こうはい》の子にもいるよね……）

そんなことを考えながらキョロキョロしていると、アリサの姿が目にとまる。

彼女はちりめん細工の小物を売っている店の前で、思案しているようだった。

雛は「あれ」と、彼女に歩みよった。

「アリサ、なにか買うの？」

声をかけると、彼女がビクッとする。

見ていたのは、黒猫《くろねこ》の小さなちりめんのマスコットのようだった。

首の鈴《すず》とリボンの色が違《ちが》うものが二種類あり、それを両方手にとって、見比べていたようだ。

「み、見てただけだから！」

なぜか顔を赤くして言いはったアリサは、黒猫のマスコットを棚《たな》に戻《もど》した。

「誰《だれ》かにお土産？」

「かわいいのに」

雛は、「あ、これもかわいいな」と、ヒヨコの黄色いマスコットに目をとめる。

ポテッとした姿と、つぶらな瞳《ひとみ》に愛嬌《あいきょう》がある。

（これ、ひよりちゃんのお土産にしようかなぁ……あっ、でもこっちのウサギもかわいい）

迷っていると、坂の下のほうから健と、幸大、虎太朗の三人があがってくる。

最初に雛とアリサに気づいて声をかけてきたのは、健だった。

「アリサちゃーん、瀬戸口さん！」

そういって、にこやかに手をふりながらやってくる。

その声に、アリサは「うっ……」と気まずい顔になっていた。

「アリサ？」

「私、先いくからっ！」

アリサはそう言うと、スタスタと坂道をのぼっていく。

「あれー……？　アリサちゃん、なんで逃《に》げんの？」

雛のそばまでやってきた健が、アリサの背中を目で追いながら残念そうな顔をした。

それから、ふと店の棚に目をやり、「おっ！」という顔をする。

健が手にとったのは、先ほどアリサが見ていたのと同じ黒猫のマスコットだ。

「柴崎君も、黒猫好きなんだ」

雛は意外な顔をしてきいた。

「うちの猫《ねこ》に似てんだよ」

そう言って笑うと、健は色違いの黒猫のマスコットを二つ手に店のなかへとはいっていく。

遅《おく》れてやってきた虎太朗が、「雛、なにやってんだ？」とたずねた。

幸大はカメラを手に、カシャ、カシャとまわりの風景を撮影《さつえい》している。

「高見沢さんと一緒《いっしょ》にまわってたの？」

カメラをおろして、幸大が雛のほうをむいた。

「ううん、そういうわけじゃないんだけどね」

「そういや……シバケン、どこいったんだ？」

虎太朗がふと気づいてまわりを見る。

「お店で買い物してるよ」

「ったく、あいつは……」

腰《こし》に手をやりながら、虎太朗はため息をもらしていた。

そのうちに、買い物をすませた健が上機嫌《じょうきげん》に店のなかからでてきた。

「お待たせ〜!」

「シバケン、なにか買ったの?」

幸大が健の手にしている紙袋《かみぶくろ》に気づいてたずねる。

「んー……ちょっとな」

健はごまかすように答えると、雛に目配せして笑った。

(あっ、そっか……)

アリサの顔を思い浮《う》かべ、雛は思わず笑《え》みをこぼす。

「瀬戸口さん、この上にある神社ってさ、恋愛成就《れんあいじょうじゅ》の神様らしいからさーっ、いこうぜ!」

健がニコーッと笑って、坂道の上を指さした。

「えっ、恋愛成就!?」

雛はあせったように声をあげる。

虎太朗は雛と目が合うと、気まずそうに視線をそらしていた。

「私はいいよ！　そういうのは……」

「いいから、いいから。ほら、虎太朗もいくぞーっ‼」

「おいっ、シバケン。勝手に移動すんなよ。さがすの大変になるんだから！」

坂道をのぼっていく健を、虎太朗が追いかけていく。

「なにはしゃいでるんだか……」

雛の隣《となり》で、幸大があきれたようにつぶやきながらカメラのシャッターを切った。


神社の授与《じゅよ》所の近くで恋《こい》みくじを引いているのは、雛のクラスの女子たちだった。

恋愛成就で有名な神社だ。みんな、願掛《がんか》けをしたい相手がいるのだろう。

鳥居のそばにたたずんでいた雛は、ポケットにしまいこんでいたおみくじをそっととりだした。

想《おも》い通じず——。

そこには、そう書かれている。

「誰との恋を占《うらな》ったんだか……」

声がして、雛はあわてておみくじを隠《かく》した。

いつの間にか、隣に立っていたのはアリサだ。

「だ、誰とって……わけじゃ……」

みんながただ、楽しそうにおみくじを引いていたから、自分もとつられて引いただけだ。

雛はうつむいて、おみくじを手のなかでクシャッとにぎる。

「……後悔《こうかい》するくらいなら、引かなければいいじゃない」

「アリサは……おみくじ、引いたの？」

「引くわけないでしょ。占いたいことなんてないし。自分でどうにかしなくちゃ、どうにもならないもの……」

そう言うと、アリサは一人でさっさと歩いていく。

雛はフッとため息をついて、もう一度、手のなかでしわになってしまったそのおみくじに目をやった。

おみくじを引く時、思い浮かべたのは――。


「結んでかえろ……」

雛はつぶやくと、身をひるがえして神社に戻《もど》る。

健や幸大と一緒にいた虎太朗が、気づいてそばにやってきた。

「雛、おみくじ引いたのか？」

そうきかれて、枝に結ぼうとしていた手が一瞬《いっしゅん》とまる。

ギュッと結び終えると、雛は虎太朗のほうをむいて笑みをつくった。

「ほら……いこう。みんな、待ってるし」

急ぎ足ではなれる雛を、虎太朗が少しばかり怪訝《けげん》そうな表情で見つめていた。


その日の宿泊《しゅくはく》場所になっていた旅館に到着《とうちゃく》すると、雛はクラスの女子たちに誘《さそ》われて館内の温泉にはいっていた。

露天風呂《ろてんぶろ》のまわりをかこむ竹や石が、ライトで照らされている。

日の落ちた空に、細い月の姿が薄《うす》ぼんやりと浮かんでいた。

露天風呂にはいっているのは、雛とクラスの女子たちしかいない。

お湯につかると、みんな恋愛話で盛りあがっていた。

「バスケ部の先輩《せんぱい》？　あー、うん、あり。背が高いし、笑顔がいい！」

「それじゃあ……榎本君は？」

女子の一人が不意に口にした虎太朗の名前に、すみのほうで聞いていた雛はドキッとする。

「榎本君は――……もう、ねー……」

女子たちはチラーッと、意味深な視線を雛のほうにむけてくる。

「えっ、な、なに!?　なんで、こっち見るの!?」

雛がうろたえてきくと、彼女たちはニヤニヤしながらそばにやってきた。

どうやら、恋愛話に雛を巻きこもうという魂胆《こんたん》らしい。

「だって、気になるし――……本当のとこ、どーなの？」

女子の一人が雛にピタッとくっつきながら、きいてくる。

まわりの女子たちも、ウンウンとうなずいていた。

「どうって……どう、もしないよ？」

「文化祭の時も、榎本君と一緒《いっしょ》にいたってウワサになってたでしょー？」

「そうそう！　もしかして、告白とかしちゃった⁉　それとも、されちゃった⁉」

興味津々《しんしん》で見つめてくる彼女たちにたじろぎ、雛は逃《に》げる体勢になる。

けれど、かこまれているため、露天風呂からあがることもできない。

「だから、虎太朗はただの幼なじみだって！」

「えーっ、絶対それだけじゃないでしょ。今日だって、榎本と歩いてたの見たよ〜」

「あっ、私も見た。お店に一緒に立ちよって、お菓子《かし》選んでた！」

「それは、私のお父さんとお母さんと、虎太朗の家のおばさんとおじさんのお土産《みやげ》、選んでただけだってば！」

雛はワタワタしながら答えた。

彼女たちは顔を見合わせ、「おお――っ！」といっせいに声をあげる。

「おたがいの両親に二人でお菓子買うとか、修学旅行じゃないよね！」

「もう、新婚《しんこん》旅行だよね!!」

女子たちに言われて、雛は「ちがうってば～！」と顔を赤くした。

（も――っ、なんで、すぐ、そういうこと言うの――!!）

「榎本君にさー……告白とかされたら、どうするの？」

そうきかれて、一瞬、口をつぐむ。

「こ……虎太朗は言わないよ……」

雛は曖昧《あいまい》な笑《え》みをつくり、肩《かた》までお湯に沈《しず》んだ。

（今までだって、そんなこと……言われたことないし……）

「いいの？　いつまでもはいってて。もうすぐ、TVでLIP×LIPの特番やるみたいだけど」

そんな声が聞こえてふと顔をあげると、アリサがやってくる。

彼女たちは「あ――っ！」と声をあげ、顔を見合わせていた。

「そうだった!! 勇次郎《ゆうじろう》君見ないと――っ!!」

「愛蔵《あいぞう》君――っ!!」

そう騒《さわ》ぎながら立ちあがり、いっせいに風呂からでていく。

にぎやかな声が脱衣《だつい》所のほうに消えると、急にまわりが静かになった。


「……あっ、特番、明日《あした》だったわ」

アリサは思い出したようにつぶやいて、湯に足先をつける。それから、チャポンとつかった。

「もしかして……わかってて言った?」

「おかげで、静かになったじゃない?」

アリサは少々意地の悪い笑みを浮《う》かべる。

いつも左右でわけている長い髪《かみ》は、頭のうえでクルッとお団子にしていた。

今、露天風呂にはいっているのは二人だけだ。

あっけにとられてアリサの横顔を見ていた雛は、プッと吹《ふ》きだした。

「アリサって、いい性格してるよね」

そう言ってから、「でも、ありがと……」と声を小さくした。

困っているのを見かねて、助け船をだしてくれたのだろう。

「……ゆっくりはいりたかったのよ……」

アリサはフイッとそっぽをむく。

「みんな……すぐ、恋愛《れんあい》の話するんだから。なんでなんだろう……」

文化祭が終わってから、みんな浮かれたように恋愛話ばかりしているような気がする。

付き合い始めたカップルも多いらしく、このところ、一緒に帰ったりする男子と女子もよく見かける。

そんなクラス内の空気が、ひどく落ち着かない気分にさせた。

この修学旅行中もだ。みんな、ソワソワして、誰《だれ》かのことを気にしている。

「来年は受験だからでしょう……今のうちだって思っているんじゃない？」

「アリサは……どうなの？」

「私は……そんな浮かれてるヒマはない！」

アリサは動揺《どうよう》したように言って、顔をしかめる。

「進路のことだよ。もう、決めてるのかと思って……」

(柴崎君とのこともちょっと気になるけど)

「……決めてるけど……」

「そうなの⁉」

「一応は、ね……」

「どの大学進むとかも？」

「三年になってから、あわてても遅《おそ》いでしょ」

「どこ、進むの？」

「……法学部……」

アリサはためらってから、小声で答える。

「えっ⁉　そうなの？　じゃあ、神社は？」

(誰か、継《つ》いでくれる人……さがすのかな？)

「……困ったら、お祖父《じい》ちゃんがどうにかするでしょ」

アリサはこの話はもうおしまいとばかりに、黙《だま》ってしまった。

（そっか。卒業後のことも、もう、考えておかないといけないんだ……）

雛は庭のほうをぼんやりと見つめる。

鈴虫《すずむし》の声が夜風にまじってどこからか聞こえてきた。

（私は……どうするんだろう？）

雛はお湯に浮かんでいる竹の葉を見つめる。

それはクルクルとまわりながら、すみのほうへと流されていった。


浴衣《ゆかた》に着がえて脱衣所をでると、ほかのみんなは部屋に戻《もど》ったのか、廊下《ろうか》は静かだった。

夕食の時間が近いからだろう。先にあがったアリサの姿も見あたらなかった。

渡《わた》り廊下に、ろうそくの明かりが灯《とも》っている。

スピーカーから聞こえてくるのは、落ち着いた琴《こと》の音色だ。

そんななか、虎太朗が一人、どこかぼんやりとしながら手すりによりかかっている。

「……虎太朗、なにしてるの？」

声をかけると、虎太朗がフッと顔をあげて雛のほうをむいた。

「なにって……」

「もしかして、待ってた？」

図星だったのだろう。虎太朗は顔を赤くしながら横をむく。

「……そーだよ」

雛は虎太朗の隣《となり》にならび、同じように手すりによりかかる。

落ち着かなくて、無意識にキュッと自分の手をにぎりしめていた。

相手は、幼なじみの虎太朗だ。他《ほか》の誰よりもよくわかっている相手。

他の誰よりも長く一緒《いっしょ》にいる相手なのに。

今さら——緊張《きんちょう》する理由なんてどこにもないのに。

クラスの女子たちと、虎太朗の話をしていたからだろうか。

それとも、さっきまで虎太朗のことを考えていたからか。

虎太朗が待っているのを見て、ほんの少しドキッとした。

「雛……あのさ」

「うん……」

虎太朗も雛も、おたがいにべつのほうをむいたままだ。

「今夜」

虎太朗が少しためらうように、口を開いた。

その瞳《ひとみ》は正面にむけられたままだ。

「今夜？」

「会える？」

「……いいよ」

「聞いて」

「なあに？」

「話」

「……聞くよ」

トクン、トクンと、少しずつ心臓の音が速くなっていくのがわかる。

雛が虎太朗のほうを見ると、虎太朗も同じタイミングで雛を見た。

いつの間にか琴の音は途切《とぎ》れ、静けさのなかで足もとの明かりがかすかに揺《ゆ》れていた。


「雛ー、先いくよー」

不意に渡り廊下のむこうから聞こえた女子の声に、雛はハッとする。

廊下で待っているのは、浴衣に着がえたクラスの女子たちだ。

もう、夕食の時間なのだろう。

「う……うん！」

雛は返事してよりかかっていた手すりからはなれる。

「……じゃあ……あとでね」

虎太朗の顔をちゃんと見ないまま、雛はパタパタと駆《か》けだした。

『榎本君にさー……告白とかされたら、どうするの？』

そんな言葉を思い出して、雛は頬《ほお》に手をやる。
夜風で冷ましたはずなのに、熱かった――。

お前と瀬戸口って実際、どうなってんの？
どうって……どうもなってねーよ

hero6～ヒーロー6～
修学旅行

hero 6 ～ヒーロー6～

虎太朗は一人、渡《わた》り廊下《ろうか》の手すりにもたれながら、携帯《けいたい》を見つめる。

廊下を歩いていた生徒たちの声もいつの間にか遠ざかり、聞こえなくなっていた。


『さっきの場所で、待ってるから……』

そう送ったメッセージは既読《きどく》になっているものの、まだ返信はなかった。


『諦《あきら》めなよ――』

そんな、健の言葉がふと頭をよぎる。

夕食前、部屋で健と幸大の三人でトランプをしながら、時間をつぶしていた時のことだ。

クラスの男子は一足先に露天風呂《ろてんぶろ》にはいりにいったため、残っていたのは三人だけだった。

『お前と瀬戸口って、実際、どうなってんの？』
ババ抜《ぬ》きをしながら、健が急にそんな話をふってきた。
『どうって……どうもなってねーよ』
そう答えながら、虎太朗は幸大が手にしているカードを一枚引いた。
案の定ババで、思わず顔をしかめる。
それを自分の手もとのカードにまぎれこませて、今度は健に差しだした。
『瀬戸口にしたことあんのかー？』
『なにをだよ……』
『告白』
カードを引きながら、健がチラッと虎太朗の顔を見る。
『するわけねーだろ！』
赤くなって言い返すと、健はカードを捨てながら、『だろうなー』と笑っていた。
『……なんで、言わないの？』

幸大にまできかれて、虎太朗はグッと言葉につまった。
『なんでって……そんなこと……』
言おうと思ったことがないわけではない。
けれど、いつもタイミングが悪くて、言いだせなかった。
好きだ――。
そう、一言伝えるだけなのに。
(どうせ、わかってんだろうな……)
健や幸大ですら気づいているのだ。幼なじみの雛が気づいていないはずがない。
今さら言わなくても――と、思う気持ちもある。
『よく、我慢《がまん》できるよなー……黙《だま》って見守るとか、いや……俺、絶対、無理だわー』
健はカードを捨て、『おっ、あがり』とうれしそうな顔をする。

『シバケンはしつこく追いかけすぎでしょ』

幸大が虎太朗の手からカードを引いて、ペアになったカードを捨てた。

どうやら、幸大もあがったようだ。

『そうだ。きらわれてもしらねぇぞ。高見沢はお前の苦情、俺んとこに持ってくるし……』

虎太朗は手もとに残ったババを、ため息とともに放《ほう》り投げる。

健は目を丸くしてから、両手をうしろについて笑いだした。

『言わなきゃ、伝わんねーだろ？　気持ちなんて……』

そう言ってから、からかうような目で虎太朗を見る。

『虎太朗の場合、言わなくてもわかりやすすぎるくらいに、全部態度にでてるけどな』

『……悪いかよっ！』

『それなのに、なーんで、瀬戸口には伝わんねーんだろうな？』

健が虎太朗の肩《かた》に腕《うで》をかけ、よりかかってきた。

『知るか……』

『瀬戸口ってさー、まだあのなんとかって先輩《せんぱい》のこと、想《おも》ってんの？　まあ、女子って初恋《はつこい》大事にするからねー。瀬戸口って、歳上好きそーだし。虎太朗は眼中にねーってことか』

『いいんだよ、べつに、俺は……っ！』

『諦めなよ。見込みないって』

健がそう言って笑う。

『生憎《あいにく》諦めは悪いほうだ！』

『じゃあ、なんで告白、しないんだよ？』

『だから……それは……！』

『逃《に》げんなよ、虎太朗』

健がふっと真顔になってそう言った。

その瞳《ひとみ》にはいつもの茶化《ちゃか》すような色はない。

『……逃げてねぇだろ……』

『お前はさー、ふられんのこわいだけだろ？』

『そんなんじゃ……』

『なんとか先輩の時みたいに、瀬戸口に好きなやつがあらわれても、また見てんのか？　そういうのは……かっこいいって言わねーんだよ』
健は真剣《しんけん》な目をして見つめてくる。
『……それじゃ、瀬戸口はふりむかせらんないと思うぜ？』
そう言われて、なにも言い返せなかった。
全部、その通りだと思ったからだ。
逃げてる、その言葉も。ふられるのをこわがっているだけなのも。
どうせ、自分の気持ちは伝わっているんだから。
言わなくてもいいだろうと、心のどこかでそう思ってきたことに、言われて気づいた。
それで、いつか雛が——自分のほうをふりむいてくれたらと。

＊　☆　★　✧　★　☆　＋

言わなきゃダメだ——。
渡り廊下のところで雛を待ちながら、そう思った。

「くるよな……雛」

返信のないメッセージを見つめてつぶやく。

携帯《けいたい》をしまい、手すりに両手をつきながら、ふっと渡《わた》り廊下《ろうか》の天井《てんじょう》を見上げた。

(なんの話か……わかってんだろうな……)

試合前の緊張感《きんちょうかん》を思い出した。

それが落ち着かなくて、手すりをにぎる手に自然と力がこもる。

一年前——。

雛が昇降口《しょうこう》で、手紙を渡そうとしていたのを見ていた。

『私は好きです』

恋雪に、雛がかすかにふるえた声で言うのも聞いていた。

けれど、その精一杯《せいいっぱい》、伝えようとした想《おも》いは、恋雪には伝わらなかったようだ。

いや、伝わっていたのかもしれない。

あの時の恋雪には、雛への気持ちを受けとめるだけの余裕《よゆう》はなかったのだろう。

恋雪も、夏樹に失恋《しつれん》した日だったから。


虎太朗が正門で待っていると、雛がうつむいたままでてきたのを覚えている。

帰り道でも、声をあげて泣きたいのを我慢するように強く唇《くちびる》をかみながら、とまらない涙《なみだ》をぬぐい続けていた。

そんな雛にかけられる言葉なんてなにもなくて——ただ、黙って隣《となり》で歩き続けた。


もう、泣くなよ。

そばにいるから。

俺がいるから。

そう、思いながら。言葉にできないまま——。

もう、あんな風に雛が泣くのを黙って見ているだけなのは絶対にいやだった。

絶対、悲しませたりしない。泣かせたりしない。

どんなつらい時でも、笑わせてみせるから。
だから――。

「……ごめん、遅《おそ》くなって」

雛がそう言いながら、パタパタと廊下を駆《か》けてくる。

そばにやってくると、胸に手をやりながらふっと息をはいていた。

虎太朗は緊張している手をグッとにぎる。

急《せ》かすように、心臓の音が鳴り響《ひび》いていた。

「あのさ……雛は……」

意を決して、言いかけた時だった。

雛が虎太朗を真っ直《す》ぐに見て口を開く。

「私、好きな人がいるの」

迷いのない落ち着いた声だった。

かすかに瞳を潤《うる》ませながら、彼女はゆっくりとほほえんだ。

「ずっと好きなの」

ほんの少しだけ声を小さくして、そう言いながら――。

虎太朗の気持ちも、言おうとしたことも、全部、見透《みす》かしたように。

だから、それ以上なにも言えなかった。

用意していたはずの言葉も、決意も全部、一緒《いっしょ》にゆっくりとのみこむ。


「そ……」

虎太朗は天井に目をやったまま、口を開いた。

「そっか……そうだよな……」

「虎太……」

「雛は、ずっと、そうだったよな！　そんな……簡単に、あきらめきれねぇよな……誰《だれ》だって
……そうだし……」

（わかっていたことだろ……）

「俺は……いつだって、雛の味方だから……どんなことがあっても、そうだから……」

そう言うのが精一杯だった。

無理につくろうとした笑《え》みが強《こわ》ばり、顔をふせるようにして雛の横を通り抜《ぬ》ける。

足早に立ち去りながら、虎太朗は力一杯《ちからいっぱい》自分の手をにぎりしめていた。

（わかってたんだよ……）

☆　☆　★　✧　★　☆　✦

営業時間が終了《しゅうりょう》した売店のまわりは薄暗《うすぐら》い。

ロビーのすみにおかれた自動販売機《じどうはんばいき》の明かりだけがまわりを照らしていた。

虎太朗は硬貨《こうか》をいれ、ボタンを押す。

カタンッと落ちてきたジュースを、身をかがめてとりだした。

温かいコーヒーを飲もうと思ったはずなのに、でてきたのはやけに冷えた炭酸ジュースだった。ぼんやりしていたから、どうやら押し間違《まちが》えたらしい。

ため息をつく虎太朗の横に、誰かが立つ気配がした。

ふりむくと、そこにいたのは浴衣《ゆかた》姿のアリサだ。

彼女は自動販売機に硬貨をいれ、コーヒーを買っている。

「高見沢……」

「そんなの飲んだら、体、冷えるわよ……」

アリサはでてきた缶《かん》を、「はい」と虎太朗に差しだした。

「あつっ！」

虎太朗は思わず声をあげて、受けとったコーヒーの缶を浴衣の袖《そで》で持つ。

かわりに、アリサは虎太朗が買った炭酸のジュースを横から抜きとった。

「……冷えるんじゃなかったのかよ？」

「私は、お風呂《ふろ》からあがったところだからいいの」

アリサはいつも二つにわけて結んでいる髪《かみ》を、今は下ろしている。

まだほんの少し濡《ぬ》れているようだ。手にはタオルを抱《かか》えていた。

「高見沢って、なんだかんだ言って……優《やさ》しいよな……」

弱く笑って、虎太朗は缶のプルタブを開ける。

「……知らなかったの？」

アリサはそう言うと、虎太朗とならんで自動販売機によりかかる。

会話が途《と》切《ぎ》れた。

アリサはペットボトルを軽く揺《ゆ》らしながら、エレベーターのほうを見つめている。

「……部屋、戻《もど》んなくていいのかよ？」

「戻っても、騒《さわ》がしいだけだから……榎本こそ、いいの？」

「やることねぇし……」

部屋では、今ごろみんなが馬鹿《ばか》騒《さわ》ぎしていることだろう。

そのなかにまじって、騒ぐ気分にはなれない。そう思って、時間をつぶしていたところだ。

「そうじゃなくて……」

缶を口に運んで、言いしぶっているアリサのほうをチラッと見る。

「雛と、なにか……あったんでしょ」

「べつに……なんもねぇよ」

虎太朗はコクッとコーヒーをのみこんでから、ゆっくりと缶をおろす。

「嘘《うそ》つき」

「そういうそっちはお節介《せっかい》だろ。いいのかよ。シバケン、さがしてるんじゃねぇの？　部屋に遊びにいくって、意気込んでたぞー」

「そんなことしたら、通報するって言っておいて」

アリサの眉間《みけん》にしわがよっている。

虎太朗は小さく笑ってから、フッとため息をもらした。

「でも、やっぱ……けっこう、キツいよなー………」

そう言いながら、グイッと伸《の》びをする。

「言ったの……？　雛……」

「ん――……言ってない」

腕《うで》をおろすと、虎太朗はまだ熱の残るコーヒーを飲みほした。

「じゃあ、わからないでしょ……まだ。あきらめるの？」

アリサは心配そうな目で、見つめてくる。

虎太朗はただ曖昧《あいまい》な笑みを返しただけで答えなかった。

空になった缶を、自動販売機のそばのゴミ箱にいれる。

「やっぱ、部屋に戻る……高見沢も、あんまりウロウロしてると湯冷めするぞ」

「え……榎本！」

エレベーターにむかおうとした虎太朗は、アリサの声で足をとめる。

ふりむくと、彼女が真剣《しんけん》な瞳《ひとみ》で見つめていた。

「簡単に、あきらめたりしないでよ……私はずっと……榎本のこと、応援《おうえん》してきたんだから。

簡単にあきらめられると……困る！」

「なんで、高見沢が困るんだよ？」

「困るものは、困るの！　だから……ちゃんと、言ったほうがいい！」

「高見沢……」

（けど……言ったって……）

「あの人の、しつこさ……少しは見習ったら⁉　私がいくら追い払《はら》っても、まとわりついてくるし……いくら言っても、全然きかないんだから………」

アリサは顔を赤くしながら、口ごもる。

「高見沢……？　なにが言いてーのか……よくわかんねぇんだけど⁇」

「とにかく、これくらいのことで……へこたれてどうするのよ⁉　その程度の気持ちなわけ？」

「へこたれてるわけじゃ……」

言いかけて、虎太朗はふっと笑みをこぼした。

（そうだよな……こんくらいであきらめてたまるかよ………）

『諦めは悪いほうだ！』

健にそう言ったのは虎太朗自身だ。

それなのに――。

「でも……おかげで、元気でた……ありがとな、高見沢」

すっきりした気持ちになって笑うと、アリサはパッと横をむいていた。

「べつに……励《はげ》ましたわけじゃないけど……」

「そーだな。俺も、シバケンのしつこさ、少しは見習わねーとな」

「……榎本にあんな風になられても、困るけどね」

笑っていると、ちょうどエレベーターが到着《とうちゃく》して扉《とびら》が開いた。

のっていた健が、虎太朗に気づいて「あれ？」という顔をする。

（タイミングがいいんだか、悪いんだか……）

虎太朗が苦笑《くしょう》していると、健がおりてきた。

「こんなところでなにやってんだ？」

そうきいてから、健は自動販売機《じどうはんばいき》のほうに視線を移す。

アリサがギクッとしたように、後退《あとずさ》りしていた。

「あれ〜〜アリサちゃん、もしかして、風呂《ふろ》あがり!?」

健は途端《とたん》にうれしそうな顔になると、彼女のほうに歩いていく。

「こっちにこなくていい！」

アリサのほうは逃《に》げ腰《ごし》になっているが、まったくおかまいなしだ。

「いつもの髪型《かみがた》もいいけど、下ろしてんのもいい！」

「……バッカじゃないの！」

そんな風に言われてにらまれても、健のほうはニコニコしてしつこく話しかけていた。

その打たれ強さには、感心する。


中学のころの健は、あんな風ではなかった気がするが——。

女子にかこまれていることは多かったが、誰《だれ》か特定の女子にしつこく話しかけたり、追いかけたりしているような姿はあまり見たことはなかった。

いつも違《ちが》う女子を連れ歩いて、どこかつくったような笑《え》みを浮《う》かべていた。

時折、ふとつまらなそうな表情を見せていたことも知っている。

それが、変わったのはいつのころからだったのか——。

はっきりとは、覚えていない。覚えていないが、どういう風の吹《ふ》きまわしなのか、気づくとアリサにしつこく話しかけるようになっていた。

いつもつれなくされるのに、こりることなくアリサの姿を見つけてはすっ飛んでいき、声をかける。退屈《たいくつ》そうな顔ではなく、本気で楽しそうにしながら。

一年が終わるころには、他《ほか》の女子と一緒《いっしょ》にいるところをあまり見かけなくなっていた。

最初は『なんでだ？』と、思ったものだが——。

虎太朗はふっきれたように顔をあげると、閉まりかけたエレベーターの扉を押さえて乗りこんだ。

（大事なもんだから……あきらめられねーよな……）

最初から、あきらめるなんて選択肢《せんたくし》、どこにもない——。

hero7 ～ヒーロー7～

★☆+hero 7〜ヒーロー7〜☆★✧

修学旅行が終わり十二月になると、一気に冷えこんで、昼休みを外や屋上ですごす生徒の姿をあまり見かけなくなった。

そのぶん、教室内はにぎやかだ。放送部がおこなっている昼の校内放送が流れるなか、生徒たちが席を立ちあがって、移動しはじめる。

購買《こうばい》にむかう生徒もいれば、他の教室に移動して部活仲間と食べる生徒もいた。

「虎太朗、俺、購買いってくるわー。そのあとは、隣《となり》のクラスで食うから！」

席を立った健が、そう言って手をふりながら、浮かれたような足どりで教室をでていく。

どうせまた、アリサのところにいくつもりなのだろう。

「ったく、あいつは……」

あきれたようにつぶやきながら、虎太朗は机の横のフックに引っかけていたバッグをとる。

ふと雛のほうを見れば、席を立ってドアへとむかうところだった。

「雛、今日の園芸部の部活だけど……」

虎太朗が声をかけると、雛は一瞬《いっしゅん》だけ足をとめる。

けれど、ふりむかないまま小走りに教室をでていった。

声は聞こえていたはずだ――。


(……雛……？)

伸《の》ばしかけた手の行き場がなくて、ゆっくりおろす。

修学旅行の後から、ずっとそうだ。

虎太朗が声をかけようとすると、気まずそうに顔をそむけてはなれていく。

(俺……避《さ》けられてんのか……？)

なんで――。

困惑《こんわく》したように、教室の出入り口を見つめる。

「虎太朗……？　どうしたの？」

コンビニの袋《ふくろ》を手にした幸大が、そばにやってくる。

「シバケンは？」

「……高見沢んとこだと思う」

「こりないね。教室で食べる？　うるさいけど、屋上は寒いだろうし……」

「悪い……幸大。先食っといて……」

虎太朗は足早に出入り口にむかった。

廊下《ろうか》にでて雛の姿をさがしたが、見あたらない。

隣の教室に足をむけ、そのドアをガラッと開いた。

近くの席で弁当の包みを開こうとしていたアリサが、「榎本」と声をかけてきた。

「どうしたの？」

「……雛、見なかったか？　高見沢」

雛の親友の華子が、クラスの女子たちと一緒《いっしょ》に窓際《まどぎわ》の席で弁当を広げている。

雛も彼女と弁当を食べることがあるが、今日は一緒ではないようだった。

（やっぱ、いないか……）

「なにか、用事があったの？」

アリサが心配そうな顔をしてきく。

「いや……やっぱいいや……悪い、邪魔《じゃま》して……」

虎太朗は力なく答えて、廊下に引き返した。


隣の教室にもいないとなれば、陸上部の部室にいったのかもしれない。

そう思ったが、それ以上、さがす気にはなれなかった。

通りすぎていく生徒たちのにぎやかな声を聞きながら、廊下の途中《とちゅう》で足をとめる。

避けられる理由なんて、一つしかない。


「虎太朗……？」

廊下のすみに突《つ》っ立っていると、健がパンのはいったビニール袋を手にやってきた。

「なにやってんだ？　アリサちゃんの教室の前で……あ、もしかして、瀬戸口、さがしてんのか？　それなら、昇降口《しょうこう》のほうに……」

虎太朗が黙《だま》ったままでいると、健が眉《まゆ》をひそめる。

「……なにかあったのか？」

「なんにもねーよ……」

虎太朗は目を合わせないまま、足もとを見つめて歩きだした。

「待てよ、虎太朗！」

追いかけてきた健に、グイッと肩《かた》を引っぱられる。

健にしては珍《めずら》しく、真顔になっていた。

「やっぱ……お前の言うとおりかもな」

虎太朗は自嘲《じちょう》の笑《え》みを浮《う》かべて、ポツリともらした。

健は眉間《みけん》にしわをよせたまま、ゆっくりと虎太朗の肩から手をはなす。

あきらめるしか――。

そんな言葉をのみこむと、虎太朗は下をむいたままその場をはなれた。

中庭のベンチにストンと腰《こし》をおろし、虎太朗は目の前の花壇《かだん》を見つめる。
今の時季、植えられているのは、パンジーくらいしかない。
赤紫《あかむらさき》や青紫色の花が、寒そうに風に揺《ゆ》らいでいた。
「来年の春には……なに、植えるかな……」
そんなことを考えている自分に、苦笑《くしょう》がもれる。
恋雪はなにを植えていただろう。
中庭の花壇のすみには、去年と同じように、雛と二人でチューリップの球根を植えた。
春には芽吹《めぶ》いて、先輩《せんぱい》たちが卒業するころには開花するだろう。
『一年って、早いよね……』
雛はそう言ってほほえみながら、一つ、一つ、土に球根を埋《う》めていた。
あの時、なにを思っていたのか──。

聞かなくてもわかる気がした。

『私、好きな人がいるの』

(知ってる。俺じゃないってことくらい)

『ずっと好きなの』

(忘れられずにいるってことも、わかってた)

「それでも……」

膝《ひざ》のうえでこぶしをにぎりながら、虎太朗は苦い笑みをこぼした。

＊ ✡ ★ ✦ ★ ✡ ＋

帰宅した虎太朗は、制服姿のままリビングにむかう。

ちょうど、帰っていた姉の夏樹が、ソファーに膝を抱《かか》えて座りながら、映画をみているところだった。テーブルに菓子《かし》の袋が散らばっているのは、いつものことだ。

「虎太朗、お帰りー」

マグカップを両手で包むように持ちながら、夏樹は虎太朗のほうをふりかえる。

「ただいま……」

そう言うと、虎太朗は隣《となり》のダイニングキッチンのほうに足をむけた。

夏樹はなにかいいことでもあったのか、上機嫌《じょうきげん》で鼻歌を歌っている。

それを聞き流しながら、冷蔵庫の扉《とびら》を開いた。

「そーだ、虎太朗。もうすぐ、クリスマスでしょ！　なにか、予定とか決めてる～？」

夏樹がスナック菓子を口に運びながら、きいてくる。

「……べつに決めてねーけど」

牛乳をとりだして、虎太朗は冷蔵庫の扉をパタンと閉めた。

流し台の横のカゴに今朝からいれっぱなしになっていた自分のコップをとると、牛乳を注いでゴクッとのどに流しこむ。

去年は、夏樹と優、それに雛と虎太朗の四人でクリスマス・イブをすごした。

おたがいの家の両親は、毎年、連れだって温泉旅行にでかけている。

だから、クリスマスはこの四人ですごすのが榎本家と瀬戸口家の恒例《こうれい》になっていた。

今年は優も大学生だし、夏樹も専門学校生だ。それに二人は付き合っているのだから、去年のように四人ですごすということはないだろう。

「……どうせ、優とどっかにいくんだろ？」

「それがねー……」

夏樹は「ムフフッ」と含《ふく》み笑いをして立ちあがり、両手をうしろに隠《かく》しながらそばにやってくる。

「ジャ――――ンッ!!」

夏樹がそう言って見せてきたのは、四枚のチケットだった。

「実は〜〜〜、ＨｏｎｅｙＷｏｒｋｓのＰｒｅｍｉｕｍＸｍａｓＰａｒｔｙのチケット、当選したんだよねー!!」

夏樹は「もーっ、これ、絶対、とれないと思ったんだよー！」と、チケットに頬《ほお》ずりでもしそうな勢いで飛び跳《は》ねている。

（それで、浮かれてたのかよ……）

高校を卒業しても相変わらずの姉に、「ハァ……」とため息がもれた。

「だ・か・ら！　雛ちゃんと虎太朗と、私と優の四人でいこうと思うんだけど！　その後、みんなでご飯食べてさーっ。あ、ご飯代は優がだしてくれるって言ってるし！」

ニコニコしながら、夏樹はそう言ってカウンターに身を乗りだしてくる。

よっぽどチケットが当選したことがうれしかったのか、足をパタパタさせているようだ。

「……俺、いかねー……」

「えっ、なんで!?　どうしたの？　ケーキも食べるのに！」

「冬の大会近いから、練習してぇんだよ」

（だいたい……）

目をそらし、はなれていった雛のことを思い出し、虎太朗はグッと眉間にしわをよせた。

「……三人でいってくればいいんじゃねーの？」

「えーっ、せっかく、チケット四人分、とったんだよ？」

「余ってんなら、綾瀬でも誘《さそ》えばいいだろ。そのほうが雛だって喜ぶんだから……」

不機嫌《ふきげん》に答えると、夏樹が「なんで、そこで恋雪君の名前がでてくるの？」と首をひねる。

「とにかく、俺はいかねーから」

「なに、すねてんのよ……あ、また、雛ちゃんとケンカしたんでしょー？　もーしょうがないなぁ」

虎太朗はグッと唇《くちびる》を嚙《か》み、コップを流し台に残して足早にキッチンを出ていく。

「えっ……ちょっと、虎太朗？」

夏樹の戸惑《とまど》うような声をドアでさえぎると、無言のまま階段を駆《か》けあがった。

＊

翌日の古典の授業中、虎太朗は頰杖《ほおづえ》をついて明智先生の声を聞き流していた。

視線の先にあるのは、雛の後ろ姿だ。

彼女もぼんやりと窓の外を見つめているようだった。

霰《あられ》か雪にでもなりそうな暗い空模様だ。

虎太朗は古典の教科書のあいだにはさんでいた、二枚のチケットに視線を移す。

今朝、家をでる時、珍《めずら》しく早く起きてきた夏樹に呼びとめられ、『これ、雛ちゃんに渡《わた》しておいて！』と押しつけられた。

雛に渡すのなら、優に頼《たの》めばいいのに。

虎太朗が、『なんで、俺が……』としぶると、夏樹は心配そうな顔になって『いいから！』と言っていた。

（いかねーって言ってんのに……）

そう思いながら、ため息をつく。

虎太朗がチケットを渡しても、雛は『いかない』というに決まっている。

こんな気まずい状態で、クリスマス・イブだからと浮《う》かれ騒《さわ》ぐ気分になれないのは、虎太朗も同じだ。

（高見沢にでも……頼むかな）

虎太朗がいかなければ、雛が誰《だれ》か誘うだろう。

そうすれば、夏樹がせっかくとったチケットも無駄《むだ》にはならない。

(そのほうが、雛も楽しめるだろうし……)

「榎本ー、見つめるなら教科書にしましょー」

コンッと教科書で頭をこづかれ、ハッとする。

顔をあげると、いつの間にか明智先生が横に立っていた。

虎太朗はあせって、チケットを教科書の下に隠す。

気づいていただろうが、明智先生はため息をついただけだ。

「はい、注目」

笑っている生徒たちをうながし、教科書を読みあげながら教壇《きょうだん》のほうに戻《もど》っていった。

何でかな、胸がチクチク…

hero 8 ~ヒーロー8~

ずっと変わらないよ

誰かを好きでいても

★☆+hero 8 ~ヒーロー8~☆★✧

『私、好きな人がいるの。ずっと好きなの』

修学旅行の日、旅館の渡《わた》り廊下《ろうか》で虎太朗にそう伝えた時、気づいた。
まだ、好きだったんだ——と。

あきらめたつもりでいた。気持ちにちゃんと、区切りをつけたつもりでいた。
なのに、少しもあきらめられなくて、その気持ちはまだこの胸の片隅《かたすみ》にあって、心のどこかで、本当はいつも恋雪の姿を追いかけていた。
そのことに気づいた途端《とたん》、不意に涙《なみだ》がこみあげてきた。

虎太朗が、見てくれていたことは知っている。

いつだって、そばにいてくれようとしたことも知っている。

ずっと、どう想《おも》ってくれていたか。

その気持ちも知っているのに――。


期末試験が終わり、二学期も残すところあと一週間ほどになっていた。

その日の授業が終わると、クラスのみんなは席を立ち、「部活どうする？」、「今日、どこかよっていく？」と楽しそうに話をしながら教室をでていく。


（黒板、消して帰らないと……）

日直だったことを思い出し、雛はカタッと椅子《いす》を引いて立ちあがった。

席をはなれて教壇にあがると、黒板消しで数式を消していく。

上のほうに手が届かなくて背伸《せの》びしていると、横から誰《だれ》かがかわりに、もう一つの黒板消しで消してくれた。

「あっ……あり……」

雛は隣《となり》に立った相手を見て、思わず口をつぐむ。

虎太朗は黒板消しを黒板に押しつけたまま、前をむいている。

「あのさ……雛……この前のことなんだけど……気にしなくていいから……」

気まずそうに、声を落として虎太朗が言う。

そんな虎太朗の言葉に胸がズキッとして、雛は顔をふせた。


「虎太朗は……なんでそんなに………」

雛は小声で言って、ギュッと唇《くちびる》を引き結ぶ。

虎太朗が「え？」というようにこちらをむいた。


その顔を見ることができない。

黒板消しをおくと、雛はそのまま教壇《きょうだん》をおりて、出入り口のほうにむかう。

「おい、雛……っ」

虎太朗が呼びとめる声を聞きながら教室をでると、急ぎ足で廊下を通りぬけた。

「雛、待てよ！」

虎太朗の声がしたが、足をとめなかった。

階段の踊《おど》り場まできた時、追いつかれて腕《うで》をつかまれる。

「雛！」

ふりむくと、虎太朗が心配そうに見つめている。

その顔を見た途端、涙ぐみそうになってうつむいた。

堪《こら》えようと思うと、逆に目頭《めがしら》に熱がたまっていく。

「やっぱ、修学旅行の時のこと、気にしてんだろ？」

「ちがう……」

雛は声をつまらせながら小声で答えた。

「じゃあ、なんで元気ねぇんだよ？」

「虎太朗には関係ないってば……！」

顔をあげられない。

虎太朗もしばらく押し黙《だま》っていた。

階段をのぼってきた生徒たちが、「どうしたんだ？」というように二人を見る。

その声と足音が遠ざかるのを待ってから、虎太朗が「あの時は……」と口を開いた。

「俺もへんなこときこうとして悪かったって思ってるし……それに、雛の気持ちは、前から知ってたし……だから、べつに俺は気にしてないって言うか……雛も気にするなって……」

途切《とぎ》れ途切れの虎太朗の言葉を聞きながら、雛はスカートをにぎりしめていた。

唇からこぼれたのは、「なんで……」という小さな声だ。

「そう……なの？」

虎太朗はどうしていいのかわからないように、ただ見つめてくる。

「虎太朗は……変わらなすぎるよ……全然、昔から……っ」

いつだって、気づかってくれて、優《やさ》しくて。

本当はそのことだって、わかっていた。

誰よりも、優しいんだって――。

「雛……」

「だから……！」
雛はうつむいたまま唇をかみ、虎太朗の手をふりほどいて階段を駆《か》けおりていった。

いつまでも、忘れられない自分も。
あきらめられない自分も。
それでも、優しい虎太朗も——。
いつでも待っていてくれるから。
変わらないでいてくれるから。
いつか、きっと——。
その気持ちによりかかりたくなる。わかっているから。
それは弱い気持ちだって。

雛は中庭のすみで、校舎の壁《かべ》にもたれるように座りこんでいた。

そばにやってくるのが誰なのか、顔をあげなくてもわかる。

「なんで……追いかけてくるの……」

雛は抱《だ》きよせた膝《ひざ》に顔を埋《うず》めながら、小さな声できいた。

その隣に、虎太朗がストンと腰《こし》をおろす。

「そんなの……心配だったからにきまってるだろ」

「虎太朗のこと避《さ》けてたって、わかってたでしょ。なんで、もういいって……思わないの……普《ふ》通《つう》、きらいになるよ……」

声をつまらせながら、雛は自分の制服の袖《そで》をつかむ。

「ならねぇよ」

虎太朗は強い口調で言うと、「絶対にならねーって」ともう一度くり返す。

「雛が俺のこと、大嫌《だいきら》いなことくらい知ってる。好きなやついることも知ってる。雛が、ずっとそいつのこと、好きだってことも……忘れられてないってことも……」

「だったら！」

「俺だって同じなんだ」

雛は言い返す言葉がでなくて、ふせていた顔を少しだけあげた。

「ずっと、変わらないよ。誰《だれ》かを好きでいても」

虎太朗の真っ直《す》ぐな言葉に、胸がギュッとつかまれたように苦しくなる。

（だから、そういうところがずっと……っ！）

真っ直ぐで、あきらめるなんて絶対にしない。

虎太朗を見ていると、自分がひどく弱く思える。

だから、ずっと——。

雛は涙《なみだ》ぐみそうになり、もう一度うつむいた。

そんな時だった。

虎太朗がほんの少しだけ体を傾《かたむ》けて顔をよせてきたのは。

『世界一かわいいよ』

耳もとでささやかれ、雛は目をいっぱいに見開いて虎太朗を見る。

「な…………っ！！！！」

思わず声が出たけれど、その先が続かない。

虎太朗は「なーんてな」と、イタズラっぽい笑《え》みを浮《う》かべた。

照れくさかったのか、その頰《ほお》はほんの少し赤い。

（えっ⁉　…………冗……談…………？）

普段《ふだん》ならきっと、「もぉ――っ！」と怒《おこ》っていただろう。

それなのに、言い返す言葉なんて頭が真っ白になってしまったようにでてこない。

聞こえるのは、びっくりして速くなっている心臓の音だけだ。

いつもみたいに、ふざけただけ。

そうわかっているのに。

相手は、虎太朗なのに。

一気に熱くなる頬を、雛はバッと両手で押さえた。

大嫌いなはずだった。

いつもからかってくるのも。むきになるのも。子どもっぽいところも。

そんなところも全部、きらいなはずだったのに――。

落ちこんでいると、元気づけようとしてくれたのも。

泣いていると、そばに座って泣きやむまで待ってくれたのも。

いつだって、笑顔にさせてくれるのも。

いつだって、この人だった。

この人が――『私』のヒーローなんだ。

胸がキュンッと鳴いた。

雛は真っ赤になった顔を手でおおい隠《かく》し、ギュッと目をつむる。


（……意識しちゃった）


夕焼けに染まる空のした、雛はすっかり葉を落とした桜の木をながめながら歩く。

「あのさ……雛」

ずっと黙《だま》ったまま後ろを歩いていた虎太朗が、不意に声をかけてきた。

ふりむくと、虎太朗が足をとめている。

迷っているのか、なかなか言いださない。雛のほうが先に、「なに？」ときいた。

「クリスマス、だけど……」

「クリスマス?」

「いっしょに……すごしてくれませんか?」

虎太朗らしくない、遠慮《えんりょ》がちな言いかただった。

顔を赤くして、視線をそらしている。

(さっきは、あんなこと言ってきたくせに……)

急に照れているのがおかしくて、雛はふっと笑みをこぼす。

「いいよ」

そう答えると、虎太朗が「えっ⁉」と声をあげる。

「なんで、そこでおどろくの?」

「……雛は……いやだって言うかと思って」

「なっちゃんやお兄ちゃんもいっしょにいくライブの話でしょ。お兄ちゃんから、聞いてるよ」

それなのに、『いっしょにすごしてくれませんか』なんて、思わせぶりな言いかたをするから。

本当は少し、ドキッとした——。

「チケット、忘れないでよ？　楽しみにしてるんだから」

雛は鞄《かばん》を後ろにまわして持ちながら、先に歩きだした。

「わかってるって」

「本当に？　なんだか心配だなぁ」

「そう思うなら、雛が持ってればいいだろ？」

そんな会話をしながら、いつの間にか、隣《となり》にならんで歩調を合わせている。

いつもと変わらない、二人の距離《きょり》。

その距離が、いつもよりもほんの少しだけ、近く思えた——。


クリスマス・イブの当日、盛りあがるライブ会場で、夏樹や優と一緒に、雛と虎太朗も、ペンライトをふりながら歓声《かんせい》をあげていた。

色鮮《いろあざ》やかな光の筋が走り、圧倒《あっとう》されるような歌と演奏の音が会場全体を包みこむ。

そんななかで、まわりの人たちは飛びはねながらいっしょに歌っていた。

パンッと弾《はじ》ける音とともに舞《ま》いあがった銀の紙吹雪《かみふぶき》に、みんなが興奮したように手を伸《の》ばしている。

「最高――!!」

「夏樹ー、あんまはしゃぐと、転ぶぞー！」

隣で、優と夏樹が楽しそうに話しているのが聞こえた。

「おおっ、すげー……」

虎太朗が落ちてくる紙吹雪を見つめながら、つぶやいている。

ライトに照らされたその横顔を、雛はひそかに見上げた。

『ずっと、変わらないよ。誰《だれ》かを好きでいても』

そんな言葉を思い出して、ふっと笑みがこぼれる。

雛は手を少し伸ばし、虎太朗の上着の袖《そで》をクイッと引っぱった。

気づいてふりむいた虎太朗に、少しだけ顔をよせる。

「――――っ!!」

伝えたかった言葉は、まわりの声とステージ上から鳴り響《ひび》く音にかき消されて届かない。

「なに⁉」

虎太朗が身をかがめ、声を大きくしてききかえしてきた。

「ありがとうって、言ったの!!」

雛はつま先立ちになると、めいいっぱい声をはりあげる。

その声はようやく届いたのか、虎太朗はおどろいたように雛を見る。

雛が笑うと、虎太朗は照れくさそうな顔をしながら、一緒になって笑っていた。

★☆+epilogue～エピローグ～☆★+

五月晴《さつきば》れとなったその日、優と夏樹の結婚式《けっこんしき》がおこなわれた。

チャペルから出てきた真っ白なウェディングドレス姿の夏樹と、タキシード姿の優に、参列者たちがいっせいに花びらをまく。

白やピンク、赤といったカラフルな花びらが、爽《さわ》やかな風に舞い、二人にふりそそいだ。

拍手《はくしゅ》と歓声のなかで、夏樹はうれしそうにピースサインをしている。

そんなところも、やはり夏樹は変わらない。

笑う声があたりに広がり、優は少し恥《は》ずかしそうな顔をしていた。

親族として参列する雛は、グリーンのワンピースだった。

拍手しながら二人を見つめる雛の顔が自然とほころぶ。

隣に立つスーツ姿の虎太朗も、笑《え》みを浮《う》かべて手を叩《たた》いていた。

「それじゃ、いっきま――す!!」

夏樹が元気いっぱいにいって、ブーケを持つ手を高くかかげる。

ワッと声をあげたのは、参列していた女性たちだ。

クルッと背をむけると、夏樹はブーケをうしろにむかって勢いよく投げる。


飛んでくるブーケに、みんながいっせいにかけより、手を伸ばす。

その上を飛び越《こ》えて、ブーケがストンと落ちたのは、早坂あかりの手のなかだった。

あかりはブーケを手に、ビックリしたように瞬《まばた》きしている。

一緒《いっしょ》にいた望月蒼太《もちづきそうた》が、少々あせったような顔をしていた。


「もちた――、がんばれよ――!」

春輝が冷やかしの声をあげると、まわりからわっと笑い声があがった。

蒼太は「ええっ、ここでそれ言う⁉」と、うろたえている。

頰《ほお》を赤らめたあかりは、ブーケで顔を隠《かく》していた。


「……よろしくお願いします」

小声で言うと、あかりはブーケから少しだけ顔をだし、チラッと蒼太を見た。

蒼太は急に真顔になって姿勢を正すと、「こ、こちらこそ、よろしくお願いします‼」と、ガバッと頭をさげていた。

そんな蒼太に、あかりはイタズラっぽい顔をしながらクスクス笑う。

そんな様子をながめていた雛は、参列者のなかにいる恋雪に視線を移す。

恋雪は目を細めて、みんなと一緒に楽しそうに笑っていた。


「なーに、うれしそうな顔してんだか」

恋雪を見つめていた雛は、虎太朗の声にハッとする。

「いいでしょー。お兄ちゃんの結婚式なんだから」

「『瀬戸口さん、きれいになりましたね』とか言われて、有頂天《うちょうてん》になってんだろ」

「聞いてたの一っ⁉」

「聞こえたんだ！」

二人とも、ついまわりのことを忘れて声が大きくなる。

笑い声に気づいてまわりを見れば、いつの間にか注目を集めてしまっていたらしい。

恋雪も口もとに手をやり、おかしそうに肩《かた》を揺《ゆ》らしていた。

（恋雪先輩《せんぱい》にまで笑われてるし～～!!）

雛は恥ずかしくて、下をむく。

虎太朗はしまったというような顔をして、気まずそうに頭の後ろに手をやっていた。


「虎太朗～～」

夏樹がドレスの裾《すそ》を少しあげながら、そばにやってきた。

「なんだよ……!?」

「これは、お嫁《よめ》にいっちゃう姉からの忠告なんだけど……」

ニコーッと笑った夏樹に、背中を強く叩かれて軽くよろける。

「がんばりなよっ！」

「なにをだよ!?」

どっと笑い声が広がり、夏樹は「みんなありがとー！」と手をふっていた。

春輝や蒼太にはさまれた優が、夏樹に歩みより、フワッとその体を横抱《よこだ》きする。

びっくりしながらも、夏樹はうれしそうに優の首に腕《うで》をまわしていた。

「お兄ちゃんもなっちゃんも、幸せそうだね」

「二人とも、おたがいのことしか目に入ってねーからな」

本当にその通りだと、雛は頬をゆるめた。

「お似合いだよ」

この先も、『大好き』な気持ちのまま、二人いっしょに歩いていくのだろう。


駅を出ると、夕日が差していた。

雛と虎太朗は、口数も少なくならんで歩く。

二人とも、式場で着がえ、荷物を両親にあずけてきたから身軽なかっこうだ。

高校の時、毎日通っていた道だから懐《なつ》かしさを覚える。

ずいぶんたっているから、知らない店が増えていた。

公園のそばの風景は、以前と少しも変わっていない気がした。

イチョウ並木《なみき》の続く石畳《いしだたみ》の道も、淡《あわ》いオレンジ色に染まっている。

「明日《あした》、大学に戻《もど》るんだよな」

「うん……レポート出さなきゃいけなくて」

雛は北海道の大学の獣医《じゅうい》学部で、資格をとるために勉強をしている。

実習と研究の毎日でいそがしく、そうそう休んでもいられない。

「次、雛が帰ってくるのは夏、かぁ……」

そう言いながら、虎太朗はグイッと伸《の》びをしている。

その瞳《ひとみ》は空にむけられていた。

「……すぐだよ」

ほんの二ヶ月ほど先のことだ。

（でも……そのあいだ、会えないんだ）

雛は視線をさげ、石畳に映る二人の影《かげ》を見つめる。

はなれていることにも、慣れているはずなのに。


「また……会いにいくから」

足をとめた虎太朗が雛を見る。その眼差《まなざ》しは優《やさ》しい。

「サプライズ、なんて言って……急にくるのはなしだからね！」

（うれしかった……けど）

虎太朗は「わかってるって」と、言いながら笑う。

「今度は、ちゃんと連絡《れんらく》してから会いにいくから」

「うん……」

（待ってるよ……）

その時には——。

「……あれ、雛？」

不意に声をかけられ、雛はハッとしてふりかえる。

「やっぱり、雛だ〜！」

笑顔《えがお》でそばにやってくるのは、同じ大学に通っていた友人だ。

学部は違《ちが》うが、寮《りょう》が同じだったこともあり、今でもたまに連絡をとりあっている。

「……もしかして雛の彼氏？」

雛の隣《となり》にいる虎太朗を見て、きいてきた。

「「えっ!?」」

雛と虎太朗はあせって、同時に声をあげた。

雛がそっと虎太朗の顔を見ると、虎太朗もチラッと視線をむけてくる。

幼なじみだよ――。

今までなら、すぐにそう答えていた。

冷やかされるのが苦手で、誤解されたくなくて。

「あれ、違った？　ごめん！」

彼女が虎太朗と雛の顔を交互《こうご》に見て、あわてたように言う。

「彼氏だよ！」

雛は虎太朗の手をパッととり、勢いでそう答えていた。

虎太朗がおどろいているのが、見ないでもわかる気がした。

誤解じゃないから——。
雛は真っ赤になってうつむく。

〝そうなりたいと思った〟


「やっぱり、そうなんだー。仲よさそうだもんね！」

彼女は「じゃあ、またね！」と、手をふってはなれていく。

虎太朗と雛はその姿が遠ざかるのを、ならんで見送っていた。

手が、熱い──。

「……俺でいいのか？」

「……うん」

虎太朗の手をにぎりしめて、小さくうなずく。

虎太朗もほんの少し強く、雛の手をにぎり返してくる。

「虎太朗がいいの！」

目があうと、おたがいに自然と笑みがこぼれていた。

ずっと意地ばかりはっていて、素直になれなくて、遠回りしてきたけれど。

今なら、言える。

やっぱり『君』なんだ。

『君』じゃなきゃ、ダメなんだ──。

The end

HoneyWorks メンバーコメント!

Gom

thank you.

Gom

shito

大嫌いなはずだった。小説化ありがとうございます!!
小説にしたい楽曲の一つだったのでとても嬉しいです。
虎太朗みたいにカッコいい男になれるように男磨きます。

しと。

ヤマコ

『大嫌いなはず"だった。』
小説化ありがとうございます!!
センパイになり、一歩また一歩大人になっていく
雛や虎太朗たちがとても愛おしいです…。
虎太朗のガッツは見習いたいです!!
yamako

モゲラッタ

虎太朗くん、
いい男になりすぎて
おじさんびっくりだよ…。
モゲラッタ

サポートメンバーズ！

Oji

「大嫌いなはずだった。」
読んでくれてありがとう！

大嫌いなはずだった…のに何が何だったんだろうね…
キュンキュンするね全くもう…。
ライブでまた演奏したら一緒に歌ってね！

Gt. oji

ziro

目が合った
×
胸キュン
×
意識しちゃった

⇒ 行くしかない！

ひなた〜！俺だ〜！
幸せになってくれ〜！

ziro

Atsuyuki

胸がキュンと
鳴り止みません…。

Atsuyuki

中西

大嫌いなはずだった
天下一品のラーメンが
今じゃ大好きな僕。
人生ってそんなもの。
Gt 中西 ^^

cake

大嫌いなはずだった。小説化おめでとうございます!!
雛ちゃんと虎太朗の関係が進展すると2人を応援
している僕はとってもハッピーになります！
今後の2人も楽しみですね♪

cake

Who's next?

「告白予行練習　大嫌いなはずだった。」の感想をお寄せください。
おたよりのあて先
〒102-8078　東京都千代田区富士見1-8-19
株式会社KADOKAWA　角川ビーンズ文庫編集部気付
「HoneyWorks」・「香坂茉里」先生・「ヤマコ」先生・「島陰涙亜」先生
また、編集部へのご意見ご希望は、同じ住所で「ビーンズ文庫編集部」
までお寄せください。

告白《こくはく》予《よ》行練習《こうれんしゅう》
大嫌《だいきら》いなはずだった。

原案／HoneyWorks　著／香坂茉里《こうさかまり》

角川ビーンズ文庫　21654

令和元年6月1日　初版発行

発行者――――三坂泰二
発　行――――株式会社KADOKAWA
〒102-8177　東京都千代田区富士見2-13-3
電話 0570-002-301（ナビダイヤル）
印刷所――――旭印刷株式会社
製本所――――株式会社ビルディング・ブックセンター
装幀者――――micro fish

ISBN978-4-04-108338-3 C0193 定価はカバーに表示してあります。

角川ビーンズ文庫
スキキライ
超人気!!
キュンキュンボカロ曲制作チーム♪
HoneyWorks楽曲が
物語となって登場!!
原案/HoneyWorks
著/藤谷燈子
イラスト/ヤマコ
大好評発売中!!
illustration by Yamako
© Crypton Future Media, INC. www.piapro.net piapro

原案／HoneyWorks
著／藤谷燈子、香坂茉里
イラスト／ヤマコ、島陰涙亜
告白予行練習
シリーズ
青春系胸キュンボカロ楽曲の名手、
HoneyWorksの代表曲、続々小説化!!
好評既刊
1.告白予行練習
2.告白予行練習　ヤキモチの答え
3.告白予行練習　初恋の絵本
4.告白予行練習　今好きになる。
5.告白予行練習　恋色に咲け
6.告白予行練習　金曜日のおはよう
7.告白予行練習　ハートの主張
8.告白予行練習　イジワルな出会い
9.告白予行練習　僕が名前を呼ぶ日
10.告白予行練習　大嫌いなはずだった。
以下続刊

●角川ビーンズ文庫●

春日坂高校漫画研究部
あずまの章
イラスト／ヤマコ、島陰涙亜
胸キュン小説の名手・
あずまの章
×
HoneyWorks
ヤマコが贈る
青春ラブコメ！
最新４巻、好評発売中！
①第１号 弱小文化部に幸あれ！
②第２号 夏は短しハジケヨ乙女！
③第３号 井の中のオタク、恋を知らず！
④第４号 恋愛オンチは悪魔と踊る！

第19回
角川ビーンズ小説大賞
ジュニア部門スタート!
2019年
10月1日から
受付スタート!
18歳までなら
誰でも
応募できるよ!
「恋愛裁判」原案
「からくりピエロ」・「ナオハル」
「部室内レンアイ
ズルいです、先輩。」
審査員は40mP&榊《さかき》あおい!!
みんなの「スキ!」を読んでもらうチャンス!
くわしくは ビーンズ文庫 検索
イラスト/たま、MW(Kitty creators)、ヤマコ、池田春香